La Dame de l'ombre

Du même auteur
Dans la même série
Arielle Queen, La société secrète des alters,
roman jeunesse, 2007.
Arielle Queen, Premier voyage vers l'Helheim,
roman jeunesse, 2007.
Arielle Queen, La riposte des elfes noirs, roman jeunesse, 2007.
Arielle Queen, La nuit des reines, roman jeunesse, 2007.
Arielle Queen, Bunker 55, roman jeunesse, 2008.
Arielle Queen, Le dix-huitième chant, roman jeunesse, 2008.
Arielle Queen, Le Voyage des Huit, roman jeunesse, 2009.
Arielle Queen, Le règne de la Lune noire, roman jeunesse, 2009.
Arielle Queen, Saga Volsunga, roman jeunesse, 2010.

Dans la série Soixante-six
Soixante-six, Les tours du château, roman jeunesse, 2009.
Soixante-six, Le cercueil de cristal, roman jeunesse, 2009.
Soixante-six, Les larmes de la sirène, roman jeunesse, 2010.
Soixante-six, Les billes d'or, roman jeunesse, 2011.

Nouvelles
Noires nouvelles, nouvelles, 2008.

Chez d'autres éditeurs
L'Ancienne Famille, Éditions Les Six Brumes,
coll. « Nova », 2007.
Samuel de la chasse-galerie, Éditions Québec Amérique,
coll. « Titan », 2011.
Wendy Wagner, Mort imminente, Éditions Québec Amérique,
coll. « Tous Continents », 2011.

ARIELLE QUEEN

LA DAME DE L'OMBRE

 10

Michel J. Lévesque

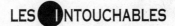

LES ●NTOUCHABLES

512, boul. Saint-Joseph Est, app. 1
Montréal (Québec)
H2J 1J9
Téléphone: 514 526-0770
Télécopieur: 514 529-7780
www.lesintouchables.com

DISTRIBUTION: PROLOGUE
1650, boul. Lionel-Bertrand
Boisbriand (Québec)
J7H 1N7
Téléphone: 450 434-0306
Télécopieur: 450 434-2627

Impression: Transcontinental
Illustration de la couverture: Boris Stoilov
Conception du logo et de la couverture: Geneviève Nadeau
Infographie: Mathieu Giguère
Révision: Élyse-Andrée Héroux, Corinne De Vailly
Correction: Élaine Parisien
Photographie de l'auteur: Karine Patry

Les Éditions des Intouchables bénéficient du soutien financier
du gouvernement du Québec — Programme de crédit d'impôt
pour l'édition de livres — Gestion SODEC et sont inscrites au
Programme de subvention globale du Conseil des Arts du Canada.

Nous reconnaissons l'aide financière du gouvernement du Canada
par l'entremise du Fonds du livre du Canada (FLC) pour nos
activités d'édition.

Société de développement des entreprises culturelles Québec ❖❖ · Conseil des Arts du Canada · Canada Council for the Arts

Dépôt légal: 2011
Bibliothèque et Archives nationales du Québec
Bibliothèque nationale du Canada

ISBN: 978-2-89549-452-2

À la mémoire d'Émile, un petit ange
2007-2011

« *Prenez garde à la colère d'un homme patient.* »
— *John Dryden*

1

Elles étaient en retard. C'est Hélène qui conduisait. Lisa Cardin, sœur d'Anthony et fille chérie de Laurent Cardin, ne cessait de regarder sa montre. L'avion allait décoller dans une trentaine de minutes.

— Je suis désolée, Lisa, s'excusa Hélène en prenant le dernier virage menant à l'aéroport.

— Tu n'as rien à te reprocher. C'est ma faute. Je n'aurais pas dû faire la bringue toute la nuit !

— Heureusement que la majorité de vos affaires sont déjà là-bas, fit remarquer Hélène. Ça ira plus vite pour l'enregistrement si vous ne présentez que ce simple bagage à main.

Lisa hocha machinalement la tête. Elle était nerveuse.

— Tout se passera bien, lui dit Hélène.

Le débarcadère se profilait à l'horizon. Hélène gara la limousine devant les portes vitrées qui donnaient sur le comptoir de la compagnie aérienne avec laquelle Lisa faisait affaire.

— Nous y sommes.

Les deux femmes sortirent du véhicule et échangèrent un dernier au revoir.

— Promettez-moi d'être prudente, lui dit Hélène.

— Et toi, promets-moi de veiller sur mon frère, répondit Lisa.

— Je l'ai à l'œil, ne vous inquiétez pas. Allez, filez, sinon vous devrez partager la seule place libre avec le train d'atterrissage !

Les portes s'ouvrirent et Lisa se précipita à l'intérieur du bâtiment principal. À travers les panneaux vitrés, Hélène la vit courir jusqu'au comptoir d'enregistrement. La fille de son patron était bel et bien partie cette fois. Reviendrait-elle un jour ? Pas avant très longtemps, songea Hélène. Son prince charmant l'attendait en Europe, où il avait monté une petite affaire. Elle s'en allait le rejoindre.

Lisa avait toujours démontré un vif intérêt pour tout ce qui touchait aux vieux pays. Hélène se souvenait d'une conversation qu'elle avait eue avec la jeune femme, un soir, alors qu'elle l'avait prise au siège social de la Volsung pour la conduire à la villa des Cardin. Lisa avait alors soutenu qu'elle irait un jour s'établir en France, petit copain ou pas.

Sur le chemin du retour, Hélène s'arrêta au supermarché pour y faire quelques emplettes.

Sandy venait dîner ce soir. Elle avait pensé faire du poisson, avec du riz aux fines herbes en accompagnement. Elle agrippa deux bouteilles de blanc en passant devant le rayon des vins et une boîte de câpres en bifurquant vers celui des marinades.

La première chose qu'elle fit en rentrant chez elle fut de ranger le poisson dans le frigo. Elle alla ensuite à sa table de travail et alluma son ordinateur. Elle attendait un important courriel de son employeur, Laurent Cardin. Ce dernier l'avait embauchée, quelques mois auparavant, comme chauffeur personnel de la famille. Les trois premiers messages qui apparurent dans la boîte de réception annonçaient des publicités pour des prêts usuraires et des sites de recherche d'emploi. Le quatrième était d'origine inconnue. Le nom de l'expéditeur était BISHOPW. Elle attendit encore quelques secondes, mais aucun courriel de son patron ne vint. Elle cliqua sur le message de BISHOPW et lut ce qu'il y avait à l'écran :

QUOI QUE VOUS EN PENSIEZ,
VOUS N'ÊTES PAS HÉLÈNE UTTERSON.

2

Son nom est Tom Razan,
et il est furieux.

Pour la simple et bonne raison qu'il a été séparé de la femme qu'il aime. Arielle Queen, c'est son nom. Si un jour on lui avait dit qu'il tomberait amoureux d'une humaine, Razan ne l'aurait jamais cru. Pire : il aurait probablement décapité celui ou celle qui aurait eu le culot de débiter une prophétie aussi sotte. En ce temps-là, il était un peu moins décontracté qu'aujourd'hui, certainement tout aussi colérique, mais combien plus violent. Il détestait les humains — quoiqu'il les déteste encore maintenant… enfin, la plupart d'entre eux.

Autre chose empêche Razan de décolérer : il est privé de son corps, on le lui a fauché. Depuis que cet idiot de Kalev s'en est emparé, Razan est forcé de déambuler à l'intérieur de la carcasse faiblarde et hideuse de Karl Sigmund. Même avec cette gueule de déterré, il est parvenu à séduire Arielle et à la ramener du bon côté. Pour un temps, du moins. En fait, jusqu'à ce que cette vipère de Hati le force à l'embrasser. Arielle les a surpris, Hati et lui, en train d'échanger un baiser, et n'a pas supporté de les voir ainsi. Pour Razan, ce baiser n'a rien eu d'agréable ou de volontaire. Choquée par cette vision, Arielle a baissé sa garde, laissant libre cours au mal, qui en a profité pour resserrer son emprise sur elle. Razan a bien tenté d'expliquer que c'était Hati qui l'avait contraint à faire un tel geste, qu'elle était arrivée à contrôler son esprit, mais Arielle n'a rien voulu entendre. La part d'ombre qui subsistait en elle a vite repris le dessus, obligeant Arielle à se replier dans les limbes. Tout ce que Razan espère, c'est qu'il sera capable de la faire revenir un jour du bon côté. Mais le garçon a l'impression que pour y arriver, cette fois, il ne lui suffira pas de compter sur son charme légendaire. Il doit à tout prix récupérer son corps. *Car ce n'est certainement pas avec la sale tête de Sigmund que je réussirai à émouvoir Arielle*, songe Razan. *Suffisamment, du moins, pour la tirer de sa léthargie et l'aider à reprendre le contrôle de son corps.*

— Étant possédée par l'esprit de la déesse Hel, ta chérie dispose d'un immense pouvoir, lui dit Hati alors que tous les deux se font face. À ta place, je ne me risquerais plus à la décevoir. Plutôt étonnant, d'ailleurs, qu'elle ne t'ait pas réduit en pièces. Un cœur brisé est capable de bien des choses.

Comment ose-t-elle? Razan aurait bien voulu passer ses mains autour de son cou et l'étrangler sur place. Mais c'est une alter, contrairement à Razan, qui n'est dorénavant qu'un vulgaire petit humain. D'une seule poussée, Hati pourrait l'envoyer valser contre les arbres de la forêt et lui briser tous les os.

— Saleté d'alter ! s'écrie Razan, envahi par un sentiment d'impuissance.

C'est la seule chose qu'il trouve à lui dire. Il s'en veut de se montrer aussi faible et vulnérable devant elle.

— Mais qu'est-ce qui s'est passé ici ?

Cette voix, c'est celle de Brutal. Il y a quelques instants à peine, Jason et lui se tenaient aux côtés d'Arielle. C'était avant que cette dernière ne les abandonne. N'étant plus elle-même après avoir vu Hati et Razan s'embrasser, la jeune femme s'est précipitée dans la forêt, en direction du nord.

— Qu'est-ce qu'on fait maintenant ? demande le cow-boy.

Hati lui jette un coup d'œil, avant de contourner Razan et de se diriger d'un pas nonchalant vers la forêt de Brocéliande.

— Je ne vois qu'un seul endroit où nous réfugier pour l'instant : le château d'Orfraie, affirme-t-elle en atteignant les premiers arbres. Alors, vous venez ?

Jason paraît surpris, tout autant que Razan et Brutal.

— Je croyais que la fosse avait été détruite par Sidero et ses alters, fait remarquer Jason.

— La fosse, oui, explique Hati. Mais pas le château.

— Et tu crois qu'on va te suivre bien gentiment jusque là-bas ? lui demande Razan.

Elle se retourne puis hausse les épaules, d'un air indifférent.

— Je ne vous y oblige pas, mais quelles sont vos autres options ?

Razan, Brutal et Jason échangent des regards indécis. Que peuvent-ils espérer, ici, au milieu de nulle part ? L'arrivée des secours ? Mais quels secours ? Ils sont seuls désormais, et ne devront compter que sur eux-mêmes pour rejoindre la civilisation. *Quoique « civilisation » ne soit pas réellement le terme qui convienne pour définir ce qu'est devenu le monde après l'avènement de la Lune noire*, se dit Razan.

— Allons avec elle, propose Jason.

Brutal seconde d'un hochement de tête. Voyant que ses deux compagnons sont tous les deux d'accord, Razan finit par céder. Il fait le premier pas en direction de Hati, et il est rapidement imité par l'animalter et le chevalier fulgur. À la suite de l'alter, ils s'enfoncent à leur tour dans la forêt. Selon Hati, fille du dieu Tyr, le château d'Orfraie se trouve un peu plus à l'est, non loin de leur position actuelle, ce qui représente une mince consolation pour Razan. Il lui faut retrouver Arielle, et ce, le plus vite possible. C'est la mission qu'il s'est donnée. Mais comment y arriver ? Elle est sans doute partie rejoindre ses nouveaux alliés, Loki et toute sa bande de dégénérés. Se mesurer à eux relève du suicide. Il lui faudra un plan pour réussir à approcher Arielle et la convaincre de venir avec lui. *C'est beaucoup plus qu'un plan dont j'aurais besoin*, se dit Razan. *C'est toute une armée qu'il me faudrait, et des armes en quantité phénoménale*. Hati et ses alters renégats pourraient lui être d'une aide précieuse, mais ne se trouvent pas en nombre suffisant. Un seul choix s'offre à lui : solliciter l'assistance de Kalev et de son armée de chevaliers fulgurs. C'est la seule façon de se confronter à Loki et à ses sbires, puis de récupérer Arielle. De plus, en côtoyant Kalev, il trouvera peut-être un moyen de lui reprendre son corps. Privé de sa véritable apparence, Razan doute de parvenir à ranimer l'esprit de son amoureuse. Libérer Arielle de cette entité malfaisante dont elle est la proie est un boulot pour Tom Razan, non pour Karl Sigmund. *Faire équipe avec Kalev…,* se dit-il, affligé par cette perspective. C'est sans contredit l'acte d'un homme désespéré. Sauf que Kalev ne va pas accepter cette alliance aussi facilement, même si Razan, de son côté, doit s'y résoudre. Pourquoi le futur roi de Midgard s'allierait-il à Razan et à ses compagnons, lui qui, en fin de compte, ne souhaite que leur mort ?

Razan doit le convaincre de les garder vivants, Brutal, Jason et lui. Comment y arriver ? En lui mentant, bien sûr. Il faudra le persuader qu'ils sont tous les trois essentiels à la réussite de son objectif. Pas celui de Razan, qui vise à sauver Arielle, mais bien celui de Kalev, qui est d'éliminer Loki et de régner ensuite sur le monde — enfin, sur ce qu'il en reste.

En silence, les uns à la suite des autres, ils traversent une partie de la forêt de Brocéliande, se dirigeant vers l'est. Au bout de quelques minutes de marche, les arbres se font moins nombreux et laissent enfin filtrer la faible lumière émise par l'éclipse solaire. Depuis l'avènement de Loki, cette dernière occupe la voûte céleste en permanence. Elle épie l'humanité sans relâche, comme un gros œil noir à la fois impitoyable et menaçant. Razan se surprend soudain à souhaiter le retour du soleil. *Toi qui étais l'ennemi des alters, ne pourrais-tu pas nous réchauffer un peu désormais ?* songe le jeune homme, conscient que seule la mort de Loki permettra le retour de l'astre lumineux.

Une fois la lisière de la forêt atteinte, l'inclinaison du terrain se modifie, forçant les quatre marcheurs à entamer l'ascension de la petite colline sur laquelle s'élève le château d'Orfraie.

— Nous y voilà, annonce Hati une fois arrivée au sommet.

Ils font maintenant face au rempart ouest. Razan indique à ses compagnons une section de la muraille où les pierres sont différentes des autres.

— Nous pouvons entrer par là, dit-il.

Brutal s'avance le premier. Cette porte secrète, il la reconnaît. Ses compagnons et lui ont utilisé le même passage lors de leur première visite au château. Leur objectif, en ce temps-là, était de descendre dans la fosse afin de délivrer Jason, puis de se rendre dans l'Helheim pour retrouver Noah, grâce à la fontaine du voyage. Tout ça paraît si loin à présent…

Brutal s'immobilise devant la porte et se met en quête de la petite pierre triangulaire qui déclenchera son ouverture. Il ne tarde pas à la repérer et appuie dessus, comme l'avait fait Geri autrefois. Les pierres se déplacent alors une par une, pour dévoiler un escalier sombre qui s'enfonce sous le château.

— Venez! s'écrie Brutal en direction des trois autres.

Hati, Razan et Jason s'empressent de rejoindre Brutal. À tour de rôle, ils descendent l'escalier et suivent un étroit couloir qui débouche sur une petite salle à peine éclairée. Brutal se souvient de l'endroit. C'est dans cette pièce froide et humide que la nécromancienne Jorkane les avait jadis accueillis pour les conduire ensuite à la fosse. Le seul éclairage provient d'un projecteur lunaire, instrument dont se servaient les elfes noirs pour créer artificiellement l'environnement nocturne nécessaire à leur survie.

— Y a-t-il une façon de remonter jusqu'au château? demande Hati.

— Peut-être, répond Brutal, mais si cet accès existe, il nous faudra le chercher. Selon mes souvenirs, ajoute-t-il en désignant un autre couloir à l'extrémité de la pièce, ces galeries souterraines mènent à une plus grande salle contenant un maelström intraterrestre. Mais comme la fosse n'existe plus, ce passage ne nous sera d'aucune utilité.

Jason se dirige vers l'entrée des galeries, en prenant la parole:

— Bon, d'accord, alors ce qu'il nous faut trouver c'est un escalier ou un tunnel conduisant à la surface. Le seul problème, c'est qu'on n'y voit rien là-dedans.

— Hati et boule de poils nous guideront, dit Razan. Vous pouvez toujours voir dans le noir, n'est-ce pas?

— Nyctalope un jour, nyctalope toujours! répond Brutal.

Razan hoche la tête, satisfait de la réponse.

— Parfait. Alors allez-y, on vous suit.

3

New York
3 octobre 1992

Hélène s'éveilla aux alentours de 4 h du matin, lorsqu'elle reçut l'appel d'Anthony. Son corps fiévreux était couvert de sueur. Elle repoussa les draps — plus par réflexe que par nécessité. La caresse de l'air frais lui fit du bien. Faisait-elle un cauchemar ? Non. Ce n'était pas un rêve. Anthony était bien à l'autre bout du fil.

— Hélène, viens me chercher, la somma-t-il. Je suis dans le pétrin !

Il lui expliqua de quoi il s'agissait. Après avoir raccroché, Hélène soupira, puis quitta son lit encore chaud. Elle s'habilla en vitesse, appela un taxi, puis sortit de la maison. La voiture se présenta quelques minutes plus tard. *Pourquoi c'est toujours moi que tu appelles, Anthony ?* ne cessa-t-elle de se répéter tout le long du trajet.

Anthony savait pourquoi les femmes s'intéressaient à lui. Parce qu'il était Anthony Cardin, l'enfant chéri des New-Yorkais. Anthony Cardin, le jeune et bel acteur qui avait fait ses débuts à l'âge de six ans dans une publicité de gâteau au chocolat, et à qui l'on prédisait une longue et brillante carrière internationale. Il avait déjà signé son premier contrat pour une production hollywoodienne mettant en vedette Bruce Willis et Kate Hudson. Le tournage aurait lieu à Los Angeles au printemps. On ne lui avait proposé qu'un rôle secondaire, certes, mais il s'était empressé de l'accepter sous les pressions de son agent : cette occasion, disait celui-ci, constituait un excellent moyen d'accroître sa visibilité. Il suffisait qu'un producteur ou un réalisateur le remarque et c'était gagné.

— Pince-moi, dit la jeune femme.

— Te pincer ?

— Anthony Cardin est assis à mes côtés… dans ma voiture. Ce ne peut être qu'un rêve.

— Je croyais que tu ne t'intéressais pas au show-business ?

— Désolée, j'ai menti. Laisse-moi t'embrasser.

Elle avança ses bras vers lui, mais Anthony leva une main pour l'arrêter.

— Non, attends.

— Mes copines ne me croiront jamais !

Elle l'entoura de ses deux bras.

— Non, ne fais pas ça !

— Je veux t'embrasser, dit-elle en emprisonnant la mâchoire du jeune homme dans sa main gauche.

— Eh bien pas moi ! protesta Anthony.

Il se débattit, mais la femme répliqua en resserrant son étreinte.

— Je ne veux pas d'autographe, dit-elle en approchant ses lèvres des siennes, juste un baiser.

Elle raffermit sa prise sur la mâchoire du jeune acteur et lui plaqua un long baiser humide sur la bouche. Anthony détourna la tête et la pria d'arrêter, mais elle fit la sourde oreille et continua de l'embrasser. La langue épaisse et spongieuse de la femme parcourut son cou, puis descendit vers le creux de son épaule. La main soigneusement manucurée abandonna la mâchoire d'Anthony et alla brutalement agripper une de ses cuisses.

— Ça suffit ! cria le jeune homme en essayant de la repousser, en vain.

Apparemment, elle n'avait qu'une idée en tête : se faire Anthony Cardin. Non parce qu'elle en avait véritablement envie, mais juste pour pouvoir le raconter à ses copines, pour avoir son petit cinq minutes de gloire : « Les filles, vous devinerez jamais qui j'ai embrassé hier soir ! » Anthony songea qu'elle aurait sans doute pris des photos si elle avait pu. C'était la troisième fois qu'il était confronté à ce genre de situation. « Pourquoi te borner à vouloir rencontrer des femmes qui ne sont pas dans le métier ? » C'était la question que lui répétait sans cesse Hélène, son chauffeur.

La femme s'apprêtait à glisser sa main sur les parties intimes d'Anthony lorsque la portière du côté conducteur s'ouvrit brusquement. Deux bras s'enroulèrent autour de la femme et l'extirpèrent de l'habitacle. Elle se retrouva face contre terre, sur la chaussée humide. Elle eut à peine le temps d'entrevoir la silhouette qui l'avait extraite du véhicule.

— Mais qu'est-ce que…

Elle tenta de relever la tête, mais un pied vint se poser sur son ventre.

— Tu pourras récupérer ta voiture demain au centre-ville, lui lança une voix féminine. Elle t'attendra dans le stationnement souterrain de la Volsung.

— Mais… comment je vais faire pour rentrer?

— Fais comme moi, appelle un taxi.

— Je n'ai pas d'argent. J'ai tout dépensé pour… pour…

— Pour séduire le jeune acteur?

La femme, au sol, ne répondit pas.

— Tu m'as l'air d'avoir de belles et bonnes jambes, dit la nouvelle venue. Je suis prête à parier qu'elles arriveront à te faire traverser l'île.

— Quoi? Vous n'êtes pas sérieuse?!

La pression se fit moins dense sur son ventre. Elle tourna légèrement la tête et vit la silhouette de l'inconnue qui s'engouffrait précipitamment dans sa voiture. Le véhicule démarra et s'éloigna, laissant la jeune groupie seule derrière. Elle se redressa péniblement et balaya sa robe neuve du revers de la main. Un sourire ne tarda pas à apparaître au coin de ses lèvres.

— T'as quand même réussi à l'embrasser, dit-elle à voix haute. Wow! Anthony Cardin!

Elle prit un air triomphant, puis fit quelques pas dans la nuit.

Hélène et Anthony atteignirent l'autoroute sans tarder. La voiture répondait bien, et Hélène supposa que la jeune femme en avait pris grand soin.

— Comment fais-tu pour toujours arriver au bon moment? lui demanda Anthony.

Hélène haussa les épaules.

— Prescience, déclara-t-elle simplement.

Elle donnait toujours la même réponse. Anthony lui sourit.

— Je n'ai pas fait fort sur ce coup-là, dit-il en jetant un œil à travers la vitre.

— Tu ne pouvais pas prévoir.

Le jeune homme releva un sourcil.

— Mais toi, oui?

— Ça m'en a tout l'air.

Ils échangèrent un regard.

— Où va-t-on? demanda Anthony.

— Je te ramène chez toi.

— Déjà? Il n'est pas si tard.

— Le soleil va bientôt se lever, Anthony.

— Et alors?

— Laisse-moi consulter ton avenir…

Hélène fit mine de réfléchir.

— Hmm… si tu ne rentres pas tout de suite, dit-elle, tu risques de manquer ton rendez-vous avec Morgan Clarke, le producteur de la série *Nightbull*.

Le regard d'Anthony s'éclaira.

— *Nightbull*? Mon Dieu, c'est vrai, j'avais complètement oublié!

La joue d'Hélène fut gratifiée d'un baiser.

— Tu es mon ange gardien, lui dit Anthony.

Hélène sourit brièvement, puis reporta son attention sur la route. Son ange gardien? Oui, elle aurait bien aimé que ce fût le cas. Mais elle savait qu'il n'en était rien.

— Non, juste ton chauffeur.

4

*Après avoir supervisé pendant
un temps les travaux sur le mont
Snaefell, Arihel décide de retourner
dans la partie sud de l'île de Man.*

Jusqu'à ce que soit terminée la construction du château Brimir, c'est dans l'ancien château médiéval Castle Rushen que la jeune femme a décidé d'établir ses quartiers. Là, elle dispose de nombreux esclaves humains, prêts à combler tous ses désirs sous la menace de châtiments, ainsi que d'une puissante armée de super alters commandée par le général Sidero. Entre les murs du château ont été aménagés pour elle de superbes appartements, ainsi qu'un somptueux bureau où recevoir ses invités et régler les affaires de son nouveau royaume, sans parler de la salle du trône, qui a été agrandie et occupe désormais toute la superficie de l'aile ouest.

C'est dans la salle du trône, justement, qu'Arihel accueille pour la première fois Angerboda, la maîtresse de son père. Cette dernière est accompagnée de Mastermyr, l'Elfe de fer, qui semble s'être remis de ses blessures. Lorsque Arielle, Razan et leurs compagnons s'étaient enfuis de l'île de Saint-Patrick, Mastermyr avait été blessé par l'armement du *Nocturnus*, une mitrailleuse lourde dont la puissance de feu avait été suffisante pour le terrasser, mais pas pour le tuer. Il s'en est plutôt bien sorti, juge Arihel, probablement grâce à son armure.

À la droite d'Arihel se tient le général Sidero, garde du corps officiel de la reine du Nordland. Droit comme un piquet, les mains derrière le dos, il fixe le vide devant lui.

— Que puis-je pour toi, Angerboda? demande Arihel du haut de son trône.

Angerboda paraît surprise par la question.

— Ai-je besoin d'une raison pour te visiter, Arihel? Ne suis-je pas la bienvenue entre ces murs?

— Pourquoi le serais-tu, sorcière?

Angerboda encaisse le coup sans broncher. La fille de Loki démontre envers elle une déconcertante arrogance. Ce n'était pourtant pas ce qui était prévu.

— Ne sommes-nous pas de la même famille, Arihel?

Cette dernière éclate de rire.

— Toi et moi, de la même famille? Mais où as-tu pêché ça? Tu es peut-être l'amante de mon père, mais ça ne fait pas de toi ma mère.

— Nos liens sont plus étroits que tu ne sembles le croire, rétorque Angerboda. Fenrir et Jörmungand sont tes frères et…

— Demi-frères ! s'empresse de rectifier Arihel sur un ton tranchant. Et ne va pas croire que je puisse m'en vanter. En ce qui me concerne, tes deux rejetons sont de pauvres idiots. Des bêtes sales et puantes, à peine douées d'intelligence. C'est avec leur aide que Loki et toi espérez conquérir le monde ? Ha ! Laissez-moi rire !

Angerboda est outrée par le comportement de son hôtesse. Elle sent monter la colère en elle. Comment cette petite insolente ose-t-elle lui parler sur ce ton ? Il lui faut garder son calme, cependant, pour s'assurer de la bonne suite des choses. Arihel est la plus puissante des sœurs reines, et son soutien lui est capital.

— Je te trouve bien dure, jeune femme, dit Angerboda.

Arihel s'esclaffe de plus belle.

— Dure ? répète-t-elle entre deux rires. Tu croyais avoir affaire à un enfant de chœur ou quoi ?

Angerboda décide de s'avancer un peu plus vers le trône. Le regard de Sidero se pose immédiatement sur elle, comme s'il cherchait à déceler une quelconque menace.

— Ne reste-t-il en toi aucune trace de ma chère fille Hel ? demande Angerboda en fixant ses yeux à ceux d'Arihel.

Celle-ci soutient le regard de la femme tout en prenant un air dégoûté.

— Hel est bien là, quelque part, déclare finalement la jeune reine du Nordland. Mais elle n'a que faire de toi et de tous les autres.

— C'est bien dommage, dit Angerboda en reculant d'un pas, afin de reprendre sa position initiale.

— Ne sois pas si triste, sorcière, se moque Arihel. Ce n'est pas aujourd'hui que j'ordonnerai ton exécution. Peut-être plus tard, qui sait ?

Cette fois, c'en est assez. Angerboda n'a pas l'intention de subir plus longtemps les railleries de cette jeune écervelée.

— Pour qui te prends-tu, Arihel ? Je pourrais te tuer en un seul claquement de doigts si je le désirais.

— Mais tu ne le feras pas. Mon père ne te le pardonnerait pas. Il a besoin de mes sœurs et de moi pour régner sur ce monde. Tu lui as été utile à une certaine époque, mais ce n'est plus le cas. Il peut se passer de toi, maintenant. Pas de moi.

Arihel rompt le contact avec Angerboda et reporte son regard sur Mastermyr.

— Mon frère, lui dit-elle. Viens, approche-toi de moi.

L'Elfe de fer obéit. Il avance en silence jusqu'à l'estrade occupée par le trône de sa sœur, puis s'immobilise au pied de la première marche.

— Installe-toi à ma droite, ordonne Arihel. À partir de maintenant, tu seras mon unique protecteur.

Mastermyr acquiesce d'un signe de tête et monte lentement les quelques marches qui le séparent du général Sidero. Ce dernier semble hésiter à l'approche du grand elfe. S'interrogeant sur les intentions d'Arihel, il fait un pas de côté pour laisser la place au nouveau venu.

— Mais... qu'est-ce que ça signifie? demande-t-il, tout aussi inquiet qu'intrigué.

— Débarrasse-toi de lui, ordonne encore Arihel à son frère.

Mastermyr se tourne alors vers le général. Ses yeux rouges, dénués d'expression, se posent sur Sidero, qui ne peut retenir un mouvement de recul.

— Non, attendez...

— *Nasci Magni!* s'écrie alors Mastermyr de sa voix caverneuse, ce qui fait naître une longue épée de glace dans sa main.

— Votre Altesse, vous ne pouvez pas faire ça! implore Sidero en cherchant le regard de sa maîtresse.

Mais Arihel a déjà détourné la tête, abandonnant le général alter à son triste sort.

— C'est à moi que votre père a confié cette tâche! proteste Sidero avec l'énergie du désespoir. Je suis le seul qui puisse vous protéger!

— Plus maintenant, général, répond simplement Arihel.

Mastermyr pose l'une de ses énormes mains gantées sur l'épaule du général et l'attire brusquement à lui. Puis, d'un mouvement vif mais précis, le grand elfe enfonce sa lame rutilante dans le corps rigide de Sidero. L'épée transperce le cœur du général et ressort dans son dos. Yeux écarquillés et bouche béante, Sidero tente d'articuler quelque dernière parole, en vain. La vie le quitte, alors qu'il demeure embroché à la lame de son meurtrier.

Angerboda a suivi le spectacle sans manifester la moindre réaction.

— Sidero était un grand général, observe la sorcière sur un ton neutre. L'un de nos plus fidèles serviteurs.

— Il ne l'est plus, répond Arihel.

Sur l'estrade, Mastermyr se sert d'une incantation pour faire disparaître son épée de glace. Débarrassé de la lame, le cadavre de Sidero s'effondre sur le sol dans un bruit sourd.

— C'était une erreur de le tuer, affirme Angerboda. Loki ne sera pas content.

— Loki est occupé à assujettir les humains, lui répond Arihel. Mon rôle à moi est de veiller à la croissance et à l'épanouissement du Nordland. D'ailleurs, je me demande, et c'est en cette matière que tu pourrais te révéler fort utile : où en est Loki dans ses projets de conquête ? Est-il parvenu à soumettre les territoires de l'Est ?

Avant de répondre, Angerboda évalue du regard la jeune reine du Nordland. Que cherche-t-elle à savoir au juste ? Espère-t-elle la réussite ou l'échec du projet de son père ?

— Alors ? fait Arihel, impatiente. On y arrive ou pas, à ce nouvel ordre mondial ?

— Loki et ses régiments d'alters ont découvert de nouveaux missiles nucléaires à Svobodnyy, en Russie, tout près de la frontière chinoise. Quant à Fenrir et Jörmungand, ils sont parvenus à soumettre la Corée du Nord. Grâce à la collaboration du président du Comité de défense, ils ont pu mettre la main sur des armes bactériologiques. Les frontières des quinzième, seizième et dix-septième Territoires seront bientôt tracées, lui dit Angerboda. Elles seront gardées par nos alliés humains.

— Nos « alliés » humains ? répète Arihel, indignée par un tel vocable. Tu veux parler de ces meurtriers, violeurs et voleurs qui ont été libérés par mes sœurs ?

Angerboda approuve en silence, ce qui n'améliore pas l'humeur d'Arihel.

— Quelle idée stupide que de vider les prisons ! Ces hommes sont la lie de l'humanité. Tôt ou tard, ils finiront par se rebeller contre nous, comme les elfes noirs se sont rebellés contre Loki.

— Nous ne pouvons pas éliminer tous les humains, explique Angerboda. Lorsque tout sera terminé et que le monde nous appartiendra, nous aurons besoin de ressources. Il nous faudra des ouvriers et des domestiques.

— Des esclaves, tu veux dire. Je n'ai rien contre l'utilisation d'esclaves, bien au contraire, mais peut-être pourrions-nous les choisir plus judicieusement ? Aucun criminel ne sera admis dans le Nordland. Je n'ai pas envie de me retrouver avec une révolte sur le dos. Mes sœurs sont libres de faire ce qu'elles veulent, mais tout condamné qui s'aventurera sur mon territoire sera abattu sur-le-champ, c'est bien clair ?

— Tu es la reine, répond Angerboda avec une docilité feinte. Tes décisions sont loi.

Arihel paraît satisfaite de la réponse.

— Qu'en est-il des dix-huitième et dix-neuvième Territoires ? demande-t-elle ensuite.

— L'Australie et l'Indonésie résistent encore, tout comme le troisième Territoire, mais ce n'est qu'une question de temps avant qu'ils ne soient à court d'hommes. Ils capituleront d'ici la fin de la semaine, selon nos prévisions.

— Loki se servira des armes nucléaires découvertes en Russie pour bombarder la côte est des États-Unis?

— C'est ce qui est prévu, confirme Angerboda. La côte ouest et le centre du pays sont déjà sous notre contrôle. Lorsque New York et les autres États du nord-est auront été annihilés, le troisième Territoire portera enfin le nom de Tyrland.

— Et qui régnera là-bas?

— Qui d'autre que Jezabhel? répond Angerboda.

D'un hochement de tête, Arihel fait savoir qu'elle cautionne ce choix.

— Kalev et ses troupes se cachent à Manhattan.

— Oui, nous le savons, dit Angerboda. Le siège social de la Volsung sera le premier site bombardé.

— Je n'en attendais pas moins.

C'est au prix de grands efforts qu'Angerboda maîtrise sa colère. Elle glisse ses mains derrière son dos en serrant les poings. *Ce n'est pas des prisonniers humains que Loki doit se méfier*, songe-t-elle, *mais bien de toi, Arihel.*

5

— Je l'ai déposé et je suis rentrée.

— C'est tout ?

— C'est tout.

Hélène et Sandy étaient installées l'une en face de l'autre, sur des canapés — aussi âgés qu'inconfortables — que Sandy, étudiante, s'était procurés à un prix dérisoire dans un bazar.

— Il ne t'a pas demandé de l'accompagner chez lui ?

Hélène soupira, l'air de dire : « Tu es incorrigible, ma vieille. »

— Non, Sandy, il ne m'a pas demandé de l'accompagner chez lui. J'aurais refusé de toute façon.

— Tu es folle, ma parole !

Sandy retourna à la cuisine remplir deux coupes de vin.

— On dirait que tu ne te rends pas compte, dit Sandy en tendant une coupe pleine à Hélène. Il s'agit d'Anthony Cardin, grands dieux !

— C'est le fils de mon patron.

— Et alors ? Oserais-tu prétendre que tu n'as jamais eu envie de forniquer avec lui ?

— Je ne pense pas à lui en ces termes, rétorqua Hélène.

— Eh bien moi, oui. Je veux que tu me le présentes.

— Pas question.

— Et pourquoi ?

— Disons seulement qu'il a eu droit à son lot d'admiratrices ces derniers temps.

Sandy prit un air offusqué.

— Merci. C'est délicat de ta part de le mentionner.

— Ne le prends pas mal, Sandy.

— Le prendre mal ? Mais pourquoi donc ?

— Les femmes agissent en idiotes lorsqu'elles se retrouvent devant lui. Tu n'y échapperais pas. Et de toute façon, ce n'est pas un gars pour toi.

— Tu veux dire que je mérite seulement ceux qui sont laids et crétins ?

Hélène vida sa coupe d'un trait et la posa sur la table basse qui la séparait de son amie.

— Tu mélanges tout.

— Je n'en suis pas si certaine. Tu l'aimes ?

— Qui ? Anthony ?

— Non, le père Noël ! Bien sûr, Anthony !

— Évidemment que je l'aime. Je n'ai pas le choix de l'aimer, c'est lui qui me paie ! Enfin, c'est plutôt son père, mais… Ah! et puis pourquoi je perds mon temps à t'expliquer?

— Parce que tu aimes me parler de lui.

— Pardon?

— Tes yeux sont comme deux fêtes foraines lorsque tu parles de ce gars.

Hélène resta sans voix. Se pouvait-il que Sandy eût raison? Se pouvait-il qu'elle fût amoureuse d'Anthony Cardin? Non, il représentait autre chose pour elle. Du moins essayait-elle de s'en convaincre.

Encore ce soir-là, Hélène dut appeler un taxi pour rentrer chez elle. Elle avait beaucoup trop bu, comme à son habitude. Au matin, lorsqu'elle écarta les paupières, elle le regretta aussitôt. La lumière eut l'effet de l'acide sur ses yeux. Sa tête lui faisait mal, mais pas autant que sa nuque. Elle avait passé la nuit sur le canapé du salon. Ses genoux étaient repliés et sa tête était appuyée sur l'un des accoudoirs, à un angle de quatre-vingt-dix degrés, ce qui expliquait les raideurs dans son cou.

— Bon matin, chauffeur.

Hélène releva la tête. La douleur qui irradiait dans sa nuque se propagea tout le long de sa colonne vertébrale.

— Anthony?

Il était installé dans le fauteuil, celui qui faisait face au canapé, et observait la jeune femme.

— Qu'est-ce que tu fais ici? demanda Hélène en essayant de contenir un haut-le-cœur.

— Ton amie s'inquiétait, dit-il. Elle m'a téléphoné.

Hélène se redressa sur le canapé et se mit en position assise.

— Comment as-tu fait pour entrer ?

— Sandy m'a donné une clef. Tu lui en avais confié une, paraît-il. Tu ne t'en souviens pas ?

Oui, elle s'en souvenait, maintenant que la tempête dans son crâne semblait vouloir se dissiper.

— Tu as bu ? demanda Anthony.

Hélène le fixa un moment.

— Tu as deviné ça juste en voyant ma tête ? Tu es fort.

— Ce n'est pas drôle, Hélène.

— Qu'est-ce qui n'est pas drôle ?

— De boire comme ça.

— Anthony, je suis une alcoolique. Et c'est ce que font les alcooliques : ils boivent. Surtout, ne le mentionne pas à ton père. Il me foutrait à la porte.

— Je croyais que tu avais cessé.

— J'ai recommencé. La rechute est inévitable.

— La belle excuse. Dis-moi, tu avais bu, l'autre soir, lorsque tu es venue me tirer d'affaire ?

Hélène le foudroya du regard. Non, elle n'avait pas bu !

— Qu'est-ce que tu veux, Anthony ?

— T'aider.

— Tu t'y prends mal.

La jeune femme baissa les yeux un instant, puis les releva.

— Excuse-moi, dit-elle.

Elle ne pouvait pas lui en vouloir ; il était trop beau et trop charmant pour mériter sa colère.

— La plupart des gens croient que les alcooliques boivent pour fuir quelque chose, observa Hélène. Et à bien y penser, ils ont peut-être raison.

— Et toi, qu'est-ce que tu fuis?

— Je fuis le monde tel qu'il est. Je cours droit devant, sans m'arrêter.

— Où crois-tu aller?

Hélène réfléchit un moment, puis dit:

— Je rentre à la maison.

Anthony quitta son fauteuil et vint s'asseoir près d'elle.

— L'alcool n'apporte rien de réel, Hélène. C'est une chimère. Une chimère qui travestit la réalité.

Elle acquiesça.

— C'est ce que j'ai essayé de me dire pendant tous ces mois de sobriété. Mais il y a plus, Anthony. Les dieux y sont pour quelque chose. Pourquoi permettraient-ils aux hommes de s'enivrer, si ce n'est pour les guider vers le paradis perdu?

— Tu divagues.

— Tu ne peux pas savoir. Tu n'as jamais mis les pieds dans les terres brumeuses. Le fardeau de la vie est tellement plus léger là-bas.

— Hélène, il n'est pas question que je te laisse te convaincre que ce monde illusoire dont tu parles est meilleur que le nôtre.

— Le nôtre? Tu te trompes, Anthony. Je ne fais pas partie de ton monde. Comment se fait-il que tu ne l'aies pas encore compris?

— À quel monde crois-tu appartenir?

Hélène garda le silence pendant de longues secondes.

— J'appartiens au monde de l'ombre, dit-elle finalement. Comme tous ceux qui ont compris que cette existence n'a rien d'un passage, mais tout d'un châtiment.

Anthony la dévisagea, comme s'il n'avait rien saisi de ses propos.

— Un châtiment, hein? répéta-t-il en ne dissimulant rien de son incrédulité.

Hélène ne sut quoi ajouter. D'un air résolu, Anthony se leva et lui tendit la main.

— Tu as besoin d'air. On va faire un tour.

— Anthony, je n'ai pas envie de sortir…

— Pas de discussion.

6

*Il n'y a pas la moindre lueur dans
les couloirs de la galerie souter-
raine. C'est le noir complet.*

Privée du rayonnement de la lune, Hati se trouve en position vulnérable. Elle dispose encore de certains pouvoirs et d'une grande force — toujours supérieure à celle des humains —, mais pour Razan, c'est une chance inespérée ; jamais il ne profitera d'une meilleure occasion d'affronter la jeune alter sans y laisser sa peau. Du moins, l'espère-t-il.

Brutal a pris la tête du groupe. Il est suivi de Hati. Derrière elle, se rapprochant de plus en plus, se trouve Razan, puis vient Jason, qui ferme la marche. À un moment, Razan accélère le pas et feint de se heurter à Hati.

— On n'y voit rien ici, murmure-t-il pour justifier son geste.

Il sent la jeune femme qui se retourne. C'est sa chance. Il agrippe solidement Hati par les pans de son manteau et la pousse contre la paroi. Il doit user de toute sa force pour la maintenir plaquée contre les pierres.

— Razan, mais qu'est-ce que tu fais?!

— Il est temps de répondre à certaines questions, ma belle!

Jason s'est immobilisé à proximité de Razan et de Hati. Il n'arrive à distinguer aucune de leurs deux silhouettes dans le noir, mais entend très bien leur échange.

— Pourquoi as-tu fait ça, hein? Je croyais que tu voulais faire le bien autour de toi, t'assurer que l'amour se perpétue, que c'était la seule chance pour que survienne le renouveau. N'est-ce pas ce que tu m'as dit sur le Calf of Man? Qu'Arielle avait besoin de mon amour pour vaincre la part d'ombre qui vit en elle? En me forçant à t'embrasser, tu as tout gâché! Tu as tué l'amour qu'elle avait pour moi! Pourquoi, hein, Hati? Pourquoi? Réponds!

— Calme-toi, Razan.

— Non, je n'ai pas envie de me calmer. Il n'y a que lorsque je suis en colère que je peux me mesurer à toi!

Il a raison: le sang berserk bout dans ses veines, et sans lui, jamais il n'aurait pu maîtriser Hati aussi longtemps.

— L'amour, c'est tout ce qu'il me reste..., explique Hati.

La jeune alter se détend et ne déploie plus le moindre effort pour se soustraire à la prise de Razan.

— Au jour du renouveau, poursuit-elle, je mourrai, comme tous les autres alters. Une part de moi chérit l'amour qui existe entre Arielle et toi, et espère qu'il durera éternellement, mais une autre part, plus sombre, envie ce qui existe entre vous deux. Je veux ce qu'elle a, tu comprends ? Je te veux, toi.

— Tu ne m'auras jamais, Hati. J'aime Arielle. Elle est la seule, maintenant et pour toujours. Il n'y en aura jamais d'autre.

— Je ne te crois pas.

— Tu dois me croire, Hati. Car si un jour tu te mets de nouveau entre Arielle et moi, je te tuerai, tu as compris ?

— Razan... Tu ne peux pas m'empêcher de t'aimer.

— C'est vrai, et je n'en ai pas l'intention, mais j'attends la même chose de toi : ne m'empêche pas d'aimer Arielle. Ne te mets plus jamais en travers de ma route, Hati.

Razan relâche lentement sa prise.

— Je dois contacter Kalev, dit-il ensuite à la jeune alter. Tu peux m'aider ?

— Je sais ce que tu as en tête, Razan, mais c'est de la folie.

— Je dois la retrouver, coûte que coûte.

— Au prix de ta vie ?

— Au prix de la mienne et de plusieurs autres, s'il le faut.

Un bruit de pas retentit plus loin dans le couloir.

— J'ai trouvé ! annonce joyeusement la voix de Brutal. Venez ! Il y a un escalier !

Razan est sur le point de reprendre la marche lorsque Hati le retient.

— Kalev et ses fulgurs ne sont plus à l'abri dans les souterrains de la Volsung. Ils quitteront bientôt leur refuge.

— Comment le sais-tu?

— Les alters renégats m'en ont informée. Kalev se prépare à quitter Manhattan.

— Et où ira-t-il?

Hati hésite une seconde avant de répondre.

— Ici. Il nous rejoindra au château, tout comme les renégats.

Razan pousse un profond soupir. Cette nouvelle lui déplaît, même si, en définitive, l'arrivée de Kalev risque de servir ses plans.

— Et tu comptais nous le dire bientôt? s'impatiente Razan. Mais peut-être devais-tu nous livrer à lui?

— Pas toi, lui confie Hati, embarrassée. Seulement… le fulgur et l'animalter.

— Génial…, fait Jason, qui se trouve toujours près d'eux. Et moi qui croyais être entouré de bons copains.

Brutal revient vers eux à ce moment.

— Et alors, c'est la pause café ou quoi? Vous n'avez pas entendu? J'ai trouvé un moyen de remonter vers le château.

— Je ne suis plus certain que ce soit une si bonne idée, observe Jason.

— Hein?

Les traits étonnés de Brutal sont indiscernables dans l'obscurité.

— Et si un comité d'accueil nous attendait là-haut?

— Un comité d'accueil? répète Brutal. À part quelques fantômes de sylphors, il n'y a pas âme qui vive dans ces foutues ruines!

— Ce n'est pas ce qu'a laissé entendre notre bonne amie Hati, répond Jason.

— Il est encore trop tôt, leur dit la jeune alter. Ils ne seront pas ici avant une heure ou deux.

Ayant été exclu de la discussion précédente, Brutal est le seul à ne pas comprendre.

— Qui sera ici? Mais qu'est-ce que vous racontez, nom d'un chat?

— Je t'expliquerai en chemin, lui dit Razan. Allez, un peu de lumière et de chaleur ne nous fera pas de tort. Ne riez pas, mais j'ai une attaque de rhumatisme. L'humidité qui règne ici ravive l'arthrite de ce bon vieux Sigmund.

Brutal fait demi-tour tout en demandant à ses compagnons de le suivre. Il les conduit tous les trois à l'entrée du passage qu'il a découvert, puis s'engage le premier dans l'escalier de pierre. Il monte la première marche, mais s'arrête avant de gravir les suivantes.

— Alors, c'est quoi, ce truc de comité d'accueil? demande-t-il à Razan.

— Rien d'inquiétant: Kalev a décidé de se joindre à nous pour le dîner.

— Quoi?

— T'en fais pas, boule de poils. Tu seras parti bien avant les hors-d'œuvre.

7

Ils décidèrent d'aller marcher au centre-ville. Le temps était frisquet, mais cela ne déplut pas à Hélène. Elle jugea qu'Anthony avait eu raison de la tirer hors de son appartement. Respirer un peu d'air frais lui faisait le plus grand bien.

— Je pars demain, dit Anthony alors qu'ils longeaient la façade d'un théâtre sur Broadway.

— Pour un tournage?

Il hocha la tête.

— En Italie, précisa-t-il. Je devrais être de retour dans deux mois environ.

— Tu as obtenu un rôle important?

— Je joue le fils d'un caïd de la drogue new-yorkais qui se réfugie à Paris pour échapper aux assassins de son père.

— Intéressant.

— Pas vraiment, mais je donnerai la réplique à Gérard Depardieu dans trois courtes scènes, alors pas question de refuser.

— Depardieu ? Je suis impressionnée ! Tu me rapportes un autographe ?

— Pas question.

— Et pourquoi donc ?

— Tu m'imagines en train de quémander un autographe à Gérard Depardieu ?

— Qu'est-ce qu'il y a de mal à ça ?

— Tu te sentirais à l'aise de demander un autographe à un de tes collègues chauffeur ? Ou à mon père ?

— Je n'ai pas de collègues, puisque je bosse seule, et uniquement pour ton père, ta sœur et toi. Au fait, tu m'en donnerais un si je te le demandais ?

— Un quoi ?

— Un autographe ?

Anthony sourit.

— Arrête de faire l'idiote.

— Je suis sérieuse.

Anthony continuait de sourire, mais Hélène devinait à son expression qu'il ne comprenait pas.

— C'est pour Sandy. Tu sais, ma copine…

— L'obsédée ?

— Elle te trouve fantastique, Anthony.

— Annie Wilkes aussi trouvait Paul Sheldon fantastique dans *Misery*.

— Arrête ça. Sandy n'a rien d'une psychopathe.

— Ce sont ceux-là qu'il faut craindre le plus.

— Elle aimerait bien aller dîner avec toi.

— Pourquoi ? Parce que je suis Anthony Cardin ?

— Entre autres, admit Hélène.

Le sourire du jeune acteur disparut. Il soupira.

— C'est bien là le problème.

— Anthony, écoute…

Il ne lui laissa pas le temps de continuer.

— Tu sais que mon agent m'a conseillé de ne plus te revoir. Il me suggère de passer plus de temps avec les gens du métier. Il prétend que mes fréquentations actuelles risquent de nuire à ma carrière. « Personne n'aimerait découvrir qu'Anthony Cardin a comme amie une chauffeur alcoolique. » Ce sont ses propres paroles.

— Tu me foutrais à la porte parce que ton agent te le demande ?

Anthony inspira profondément, puis secoua la tête. Un nouveau sourire illumina son visage.

— Jamais je ne pourrais te foutre à la porte, Hélène Utterson, fit-il.

Il s'arrêta un moment, puis ajouta :

— J'ai pensé à tort que la célébrité comblerait le vide qui m'habite.

— Ce vide dont tu parles nous habite tous, Anthony. Il ne peut être comblé que par une seule chose…

— L'amour ?

— Mieux encore : l'abandon.

Anthony força Hélène à s'immobiliser, puis lui fit face.

— J'ai besoin d'une amie, dit-il.

— Mais je suis ton amie.

51

Anthony pencha la tête et posa un baiser sur la joue fraîche de la jeune femme.

— Je sais, murmura-t-il.

Plus tard, ce même jour, Hélène et Sandy jugèrent qu'il leur fallait renflouer leur réserve de vin. Elles marchèrent jusqu'au Wine & Spirits Store le plus près, firent leurs emplettes et retournèrent chez Sandy. C'est pendant le trajet du retour qu'Hélène se lança :

— Sandy, j'ai une question à te poser.

— Vas-y, envoie.

Hélène devait jouer ses cartes prudemment. Sandy serait-elle une bonne confidente ? Elle était son amie, certes, mais était-elle réellement digne de confiance ? Hélène lui jeta un coup d'œil furtif et décida que oui.

— Il m'arrive de sentir une présence, dit-elle en soupesant la réaction de Sandy.

Celle-ci n'avait pas bronché.

— Surtout lorsque je suis seule…, poursuivit Hélène, mais son amie la coupa net.

— Merde ! cria Sandy.

Une voiture roulant à toute allure avait failli les heurter alors qu'elles s'apprêtaient à traverser l'avenue.

— T'as brûlé un feu rouge ! s'écria Sandy en montrant son poing au chauffard. Il n'a rien vu, l'imbécile ! Excuse-moi, tu disais ?

— Je disais que je sens une présence quand je suis seule, reprit Hélène.

— Ah ouais?

Sandy se montrait intéressée. C'était bon signe. Hélène allait-elle tout lui dévoiler? Possible. La croirait-elle? Peu probable.

— J'ai l'impression que je peux demander des choses à cette présence.

— Des choses? Quel genre de choses?

— Comment dire… La présence considère mes requêtes.

— Hein?

— Je te l'ai dit, elle m'écoute.

Sandy allait-elle emprunter volontairement le chemin qu'Hélène traçait pour elle? Il le fallait. C'était absolument nécessaire afin qu'elle puisse la guider vers la lumière. Si Sandy ne la suivait pas, si elle s'arrêtait ou faisait demi-tour, Hélène ne pourrait plus rien lui dire au sujet de sa propre vérité, qui était différente de celle des autres êtres humains.

— Elle t'écoute? Vraiment? Tu lui as déjà demandé de l'argent?

Hélène secoua la tête.

— Non, attends, c'est pas ce genre de truc que…

— Tu sais quoi? lança soudain Sandy. J'aurais envie d'un immense cheeseburger! Pas toi? On s'arrête au McDonald's?

Hélène soupira; son amie ne l'avait pas prise au sérieux.

— Pourquoi pas…, soupira Hélène.

— Cool!

Elles marchèrent encore un peu, puis Hélène demanda:

— Tu crois en Dieu, Sandy?

— C'est une vraie question?

— Bien sûr que c'est une vraie question.

— Quel est l'intérêt?

— Comment?

— Qu'est-ce que ça peut bien te faire de savoir si je crois en Dieu ou non?

— Ça m'intéresse, voilà tout.

— Eh bien non, je ne crois pas en Dieu. Satisfaite? Et toi, ne me dis pas que tu crois en Dieu?

— Je crois en l'amour.

— L'amour n'existe plus. Il a été supplanté depuis longtemps par la haine et la violence! En tout cas, c'est ce qu'ils prétendent à la télé!

Hélène ne s'amusa pas de la blague.

— J'ai bien peur que ce soit l'amour qui nous rende tous aussi violents, dit-elle tout en voyant poindre à l'horizon l'arche dorée du McDonald's.

8

*Kalev se trouve seul dans
ses appartements lorsqu'on
frappe à la porte.*

Le prince, bien installé derrière son bureau, ne prend pas la peine de se lever.

— Entrez ! ordonne-t-il avec son impétuosité habituelle.

La porte s'ouvre et trois personnes font leur entrée : Ael, la Walkyrie, Jakob Thorker, le commandant en chef des fulgurs, et Nathan Thorville, un jeune officier de la loge Europa.

— Tous nos avions ont quitté l'aéroport, mon prince, l'informe Thorker. Vos fidèles fulgurs se trouvent à bord. Ne reste plus que le dernier transport, celui qui doit vous conduire au château d'Orfraie.

Kalev acquiesce.

— Vos supérieurs sont prêts à recevoir nos hommes, Nathan ?

— Oui, monsieur. De nouveaux baraquements ont été aménagés à l'académie. Les fulgurs de l'abbaye Magnus Tonitrus sont heureux et fiers d'accueillir entre leurs murs leurs nouveaux frères combattants.

— Très bien, dit Kalev.

Puis il se tourne vers la jeune Walkyrie :

— Es-tu certaine que Hati et les autres se trouvent maintenant au château d'Orfraie ?

— C'est ce que prétendent les alters renégats, maître.

— On peut leur faire confiance ?

— Peu importe, répond Ael. Je ne vois pas très bien vers quel autre endroit ils auraient pu se diriger. Je suis convaincue qu'ils se sont réfugiés là-bas.

— Alors, Hati nous livrera Razan et ses deux compagnons ?

Ael approuve d'un signe de tête.

— Encore une fois, c'est ce qu'affirment les renégats.

— Qu'espère-t-elle au juste ? Que je lui pardonne d'avoir sauvé Razan en sautant de cet avion ?

— Sauf votre respect, dit Ael, si elle ne l'avait pas fait, jamais vous n'auriez pu entrer en possession de l'épée Adelring.

Elle fait une pause, puis reprend :

— Si vous voulez mon avis, elle vous livrera l'animalter et le fulgur, mais pas Razan.

— Et pourquoi donc ?

— Vous l'avez dit vous-même : elle a sauté pour lui sauver la vie. Je crois qu'elle est amoureuse de lui, maître. Je ne la crois pas capable de le trahir.

— Eh bien, nous verrons ça, dit Kalev. Allez, il est de temps de quitter cet endroit.

Kalev abandonne son fauteuil et se dirige vers une grande armoire. À l'intérieur se trouve l'épée Adelring, la seule arme assez puissante pour terrasser le dieu du mal. Selon Ael, c'est avec cette épée que le Guerrier du signe parviendra à tuer Loki et à débarrasser le monde de son odieuse tyrannie. *Mais qui est ce mystérieux Guerrier du signe ?* se demande Kalev en prenant la magnifique épée entre ses mains pour l'admirer une énième fois. *Est-ce moi ?* Non, il ne le croit pas. L'arme est habitée par l'esprit d'un guerrier tyrmann du nom de Silver Dalton. Toujours selon Ael, ce dernier s'est manifesté à Brutal, l'animalter félin, et n'est sans doute pas très sympathique à la cause de Kalev et de ses fulgurs. Le Guerrier du signe est forcément l'un d'entre eux : il s'agit peut-être de l'animalter ou encore de Jason, le petit copain d'Ael. À moins que ce ne soit Hati ou même Razan. C'est pourquoi Kalev doit s'assurer de leur coopération, quitte à les y astreindre. Razan n'occupe-t-il pas le corps de Karl Sigmund, le seul qui puisse retirer Adelring de l'arbre Barnstokk ? Et si le Guerrier du signe n'était autre que ce Sigmund ? Kalev s'en voulut soudain d'avoir changé de corps avec Razan. En tant que Karl Sigmund, il aurait peut-être eu l'occasion de s'en prendre lui-même à Loki grâce à cette épée. Mais il n'y a pas que la mort du dieu qui lui importe. Ne s'est-il pas donné comme objectif de séduire Arielle Queen? Comment y arriver sans revêtir l'apparence de Razan, son amoureux?

— Je te la confie, dit Kalev en tendant l'épée vers Ael. Tu es la plus puissante d'entre nous. Tu sauras la protéger?

— Bien sûr, maître, répond Ael, étonnée de la confiance que lui témoigne le prince.

Admirative, la jeune femme examine la magnifique épée pendant quelques secondes avant de la glisser dans le fourreau qui pend à sa taille.

— Dans combien de temps serons-nous au château? demande ensuite Kalev, cette fois à l'intention de Thorker.

— Si nous partons maintenant, je dirais dans une heure environ. Le *Nocturnus* n'attend plus que nous. Seul désagrément: pour s'y rendre rapidement, la traversée de l'Atlantique devra s'effectuer à la vitesse hypersonique.

Kalev réprime une moue de mécontentement. Il n'apprécie pas particulièrement ces vols à grande vitesse.

— Puisqu'il le faut, soupire-t-il.

Tous les quatre quittent les appartements du prince, puis se dirigent d'un pas hâtif vers l'un des couloirs qui relient les souterrains de la Volsung au métro de New York.

Après avoir traversé une multitude de tunnels et de passages obscurs, ils se retrouvent enfin dans le hangar secret qui abrite le *Nocturnus*. Les alters renégats se trouvent déjà à l'intérieur de l'appareil. L'un d'eux occupe le siège du copilote, tandis que celui du pilote est réservé à Ael. Une fois à bord, Ael s'installe derrière les commandes pendant que Kalev, Thorker et Nathan Thorville prennent place derrière, dans la cabine des passagers, en compagnie des trois autres renégats.

— Je n'ai jamais fait confiance aux alters, affirme Kalev en s'adressant à l'un d'eux. Qu'ils soient renégats ou pas.

L'alter en question approuve d'un hochement de tête. *Il peut ne pas être d'accord*, se dit Kalev, *mais il semble comprendre ma position.*

— Nous sommes pourtant des alliés, soutient un autre alter.

— Pour le moment, répond froidement Kalev. Tout dépendra du degré de coopération dont fera preuve Hati, votre chef.

— Elle n'est pas notre chef, s'empresse de rectifier le même alter.

— Qui vous dirige alors?

Moment de silence.

— Personne.

La poussée des réacteurs verticaux soulève le *Nocturnus* de quelques mètres au-dessus sa plate-forme d'ancrage. Celle-ci se divise alors en deux parties, donnant accès à un profond bassin. Une fois le passage libéré, l'appareil redescend douce-ment et entame son immersion. Une fois qu'il se retrouve complètement sous l'eau, Ael dirige le *Nocturnus* vers une large galerie creusée à même le roc et menant au réservoir de Central Park. C'est avec la puissance et la rapidité d'une fusée que l'appareil jaillit du plan d'eau et fonce vers le ciel.

— C'est parti! lance Ael en jetant un coup d'œil vers son copilote.

Les fulgurs Thorker et Thorville enfilent leur masque à oxygène, contrairement aux renégats. Sans doute sont-ils assez résistants pour supporter les désagréments du voyage à vitesse hypersonique. Kalev passe un masque à son tour et ferme les yeux. D'ici une heure, ils auront atteint la Bretagne et le château d'Orfraie. Le temps sera alors venu de régler certains comptes. Tout en s'abandonnant lentement au sommeil, Kalev repense à Markhomer, son père, et aux dernières paroles plutôt troublantes qu'il lui a adressées : « Tu n'as rien d'un roi. Ton destin n'est pas de régner sur Midgard, et tu le sais très bien. Lorsque le garçon a vécu son premier jour, il appartenait déjà au clan de l'Ours, et non à celui du Loup ou du Taureau ! Le garçon n'est pas de sang ulfhednar ou einherjar, mais de sang berserk ! Il est temps que tu admettes la vérité. Le sort des hommes en dépend. Tu sais très bien de quoi je parle, mon fils. Tu l'as toujours su. Thor et Lastel le savent aussi. Ils sont même à l'origine de ton existence. Tu croyais vraiment que votre alliance, votre minable Thridgur, était de taille à lutter contre Tyr ? Tu n'appartiens pas au clan de l'Ours, mais à celui du Taureau. Ton sang n'est pas berserk, mais ulfhednar. Tu n'es pas Kalev. Je te l'ai déjà dit, une fois : ton nom est Kerlaug de Mannaheim. Kalev est ton frère. »

Comment son propre père a-t-il pu lui parler sur ce ton ? C'est impossible. Il a dû rêver, c'est la seule explication envisageable. Kalev n'a jamais eu de frère ni de sœur ; il a toujours été enfant unique. À moins qu'un de ses ennemis ait trouvé une façon de s'immiscer dans son esprit et se soit fait passer pour son père. Qu'importe. Tout ce que cette voix lui a révélé n'est en fait qu'un tissu de mensonges, servant probablement à le troubler, à le déstabiliser. *Ils ne m'auront pas aussi facilement*, se dit Kalev. *Le royaume de Midgard n'a qu'un seul prince héritier, et ce prince, c'est moi.*

« Ton nom est Kerlaug de Mannaheim, répète alors la voix, comme si elle le mettait au défi. Tu n'appartiens pas au clan de l'Ours, mais à celui du Taureau. »

9

New York
20 octobre 1992

C'est la sonnerie du téléphone qui la força à ouvrir les yeux. Sa tête lui faisait mal et un goût de caoutchouc emplissait sa bouche. *Trop de vin, encore une fois*, songea-t-elle. Hélène repoussa les draps d'un geste machinal, se leva, puis se dirigea d'un pas confus vers le téléphone.

— Allô ?

Le combiné faillit lui échapper. L'abus de vin lui retirait toute vitalité.

— Hélène Utterson ? demanda une voix d'homme.

— C'est moi, répondit la jeune femme après s'être raclé la gorge afin d'en chasser les derniers vestiges de sa beuverie.

— Heureux d'entendre votre voix. Vos parents sont bien Robert et Louise Utterson ?

Un signal d'alarme résonna dans l'esprit encore brumeux d'Hélène.

— Qui êtes-vous?

L'homme perçut sans doute sa méfiance, car il répondit:

— Ne vous inquiétez pas. Je suis un ami.

Un ami? Mauvais signe.

— Vous vendez quoi au juste?

L'homme se mit à rire à l'autre bout du fil.

— Absolument rien.

Hélène s'impatienta.

— Que me voulez-vous?

— J'aimerais vous rencontrer. J'ai des documents à vous transmettre.

— Des documents?

— Oui.

— Je vais répéter ma question. Si vous ne voulez pas que je raccroche, je vous conseille de répondre: qui êtes-vous, nom de Dieu?

— Je suis notaire.

— Ah… J'ai hérité?

— Non.

— Vous n'avez pas d'argent pour moi?

— Non.

— D'accord, alors pourquoi continuerais-je à vous écouter?

— Parce que depuis votre enfance vous vous posez toujours les mêmes questions, répondit l'homme. Et que j'ai peut-être des réponses à ces questions.

Il y eut un moment de silence.

— Vous êtes encore là? demanda l'homme.

— Oui, répondit Hélène.

— Bien. Je serai au Café Randall dans une heure. Vous me reconnaîtrez facilement : je suis grand et maigre. Je porte une paire de lunettes à monture noire, à la Buddy Holly, et mes cheveux poussent dans tous les sens, comme des plantes qui cherchent le soleil.

— Vous avez un nom ? demanda Hélène

— Bishop.

L'homme raccrocha. Hélène fit de même avant de se laisser tomber sur le canapé.

— Bishop…, répéta-t-elle à voix haute. Celui qui m'a envoyé le courriel.

« Quoi que vous en pensiez, vous n'êtes pas Hélène Utterson. »

Un fou peut-il en aider un autre ? se demanda-t-elle ensuite. Elle jeta un coup d'œil en direction de l'horloge à dix dollars qu'elle avait installée dans le couloir. « Dans une heure, au Café Randall. » Cela lui donnait le temps de prendre une douche et d'avaler quelques aspirines, question de se remettre !

Le Café Randall n'avait de café que le nom. C'était en fait un petit bar anonyme et crasseux, situé dans un quartier défavorisé de la ville, le genre d'endroit fréquenté uniquement par les camés et les alcooliques finis — surtout parce que l'alcool qu'on y vendait était beaucoup moins cher qu'ailleurs. Hélène se demanda pourquoi le notaire Bishop lui avait donné rendez-vous dans pareil endroit.

Elle pénétra dans le bar et se dirigea immédiatement vers une des nombreuses tables inoccupées. Des triangles de lumière blafarde — émise par des ampoules jaunes enduites de graisse où s'agglutinaient des dizaines de cadavres de petites mouches noires — s'entremêlaient aux volutes de fumée pour éclairer les tables carrées qui faisaient obstacle sur son parcours. À certaines de ces tables étaient accoudées de pauvres épaves : des hommes jeunes et vieux ; des hommes au visage triste et défait ; des hommes qui tentaient d'oublier qui ils étaient, comment ils avaient vécu. Résignés, ils buvaient à petites lampées, savourant chaque gorgée comme si c'était la dernière. Ils s'enivraient, pensaient-ils, pour noyer leur désespoir, pour bâillonner leurs peurs. En vérité, ils buvaient seulement parce que l'alcool avait pris toute la place, parce qu'il avait aspiré tout leur univers, et qu'ils ne trouvaient plus rien d'autre à faire pour meubler le vide qui les habitait dorénavant. Hélène les regarda un à un. Ils ne lui rendirent pas son regard, trop occupés qu'ils étaient à fixer leurs bouteilles. Un seul la salua. Le vieillard leva son verre comme pour dire : « Bienvenue en enfer, ma jolie », puis le vida d'un trait et se mit à rire. Il n'avait plus de dents ; l'espace entre ses deux gencives pourries était habité par un trou noir capable d'avaler le cosmos tout entier. Hélène se détourna et accéléra le pas.

— Hélène Utterson ?

Un homme l'avait interpellée depuis le bar. Elle devina immédiatement de qui il s'agissait. Le notaire Bishop correspondait en tous points à la description qu'il lui avait faite : un grand efflanqué aux traits fins et à la coiffure hirsute. Sa silhouette évoquait une branche de céleri avec ses feuilles. Il était vêtu d'un costume trois-pièces de bonne qualité et portait une paire de lunettes à large monture noire, qui lui donnait effectivement l'allure d'un Buddy Holly moderne.

— Monsieur Bishop? fit Hélène en s'approchant.

L'homme acquiesça.

— Prenez place à mes côtés, ma chère amie, dit-il en tirant un tabouret pour la jeune femme.

Elle l'examina un moment. Il ne devait pas avoir plus de trente-cinq ans.

— Pourquoi m'avoir donné rendez-vous ici? demanda Hélène en s'installant sur le tabouret.

— Vous n'aimez pas cet endroit?

Elle ne répondit pas.

— Je vous paie un verre?

— Du vin.

Bishop fit signe au barman, un petit homme rondelet aux traits ravagés par l'alcool.

— Une coupe de vin pour madame et un thé glacé pour moi.

Le barman leur adressa un clin d'œil fatigué, puis s'exécuta machinalement.

— Je suis vraiment heureux que vous soyez venue, dit Bishop en levant son verre pour trinquer.

Hélène ne répondit pas à son invitation. Elle n'aimait pas trinquer avec des inconnus.

— Si vous me disiez ce que vous attendez de moi…

— Je n'attends rien de vous, répondit le notaire en avalant une petite gorgée de thé glacé. Vous avoir retrouvée me suffit.

Hélène vida sa coupe d'un seul coup de coude.

— Assoiffée? fit Bishop.

— Alcoolique, rétorqua la jeune femme. Ça vous surprend ?

Bishop sourit maladroitement.

— Mon grand-père aussi était alcoolique, déclara-t-il. Il disait que la bière avait fini par remplacer le sang qui coulait dans ses veines. Boire, pour lui, c'était une question de survie. Un genre de transfusion, en quelque sorte.

— Je comprends tout à fait.

— Je sais pourquoi vous buvez, dit Bishop.

Tiens, un autre qui possède l'absolue vérité, se dit Hélène. *Ils sont nombreux en ce monde.*

— Tant mieux, dit-elle à haute voix. Dans ce cas, vous allez peut-être pouvoir m'aider, parce que moi, je l'ignore toujours.

— Vous buvez parce que vous vous sentez seule.

— La solitude a toujours fait partie de ma vie.

— Elle en a toujours fait partie parce que personne n'est jamais arrivé à vous comprendre.

Hélène soupira.

— Vous m'avez dit tout à l'heure au téléphone que vous aviez des réponses pour moi…

— Je sais qui vous êtes, répondit Bishop.

— Ça, je le sais aussi.

— Non, vous me comprenez mal. Je veux dire : je sais qui vous êtes vraiment.

— Et qui suis-je vraiment ?

Cette fois, c'est Bishop qui vida son verre.

— La Messagère, dit-il.

Hélène le fixa un moment, puis se leva brusquement et prit le chemin de la sortie. Bishop abandonna son tabouret et courut derrière elle.

— Attendez! Mais où allez-vous?

— Laissez-moi tranquille! aboya Hélène sans se retourner.

Elle marchait d'un pas rapide et décidé. Les ivrognes, tirés de leur torpeur, s'écartèrent pour lui libérer le passage.

— Laissez-moi vous expliquer! supplia Bishop qui avait enfin réussi à la rattraper.

Hélène poussa les portes du bar au moment même où Bishop attrapait son bras pour la retenir.

— C'est trop important pour que vous fuyiez comme ça. J'ai des informations capitales à vous transmettre!

La jeune femme s'arracha à la poigne du notaire.

— Mais qui êtes-vous donc?

— Un ami.

— Un ami? J'ai tous les amis qu'il me faut!

— On n'a jamais suffisamment d'amis.

Hélène désapprouva:

— Faites-moi confiance: quelquefois, on en a beaucoup trop.

— Nous devons parler. Je ne vous demande que quelques minutes.

— Pourquoi devrais-je vous faire confiance?

— Parce que votre cœur vous le commande.

— Vous en êtes certain?

Bishop prit un air grave.

— Oui, car il ne peut en être autrement.

Hélène hésita un moment, puis déclara:

— OK, allons chez moi.

10

*Après le départ d'Angerboda,
Arihel ordonne à Mastermyr
de l'accompagner jusqu'à
la caserne des super alters.*

Elle souhaite annoncer elle-même aux soldats la mort du général Sidero. Tout en traversant les différents couloirs de Castle Rushen, elle s'entretient avec l'Elfe de fer, son nouveau garde du corps.

— Tu es le frère d'Arielle, n'est-ce pas ? lui demande-t-elle alors qu'ils marchent côte à côte.

Le géant ne répond pas.

— N'es-tu pas Emmanuel Queen ? insiste-t-elle.

— Je l'étais, répond finalement Mastermyr.

— Et qu'es-tu maintenant ?

— Un simple serviteur.

— Qui sers-tu ?

— Vous, maîtresse.

— Qui d'autre ?

— Votre père, maîtresse.

Arihel se met à rire. Elle s'attendait à cette réponse.

— Lequel de Loki ou de moi peut compter sur ton indéfectible loyauté, Mastermyr ?

— Je ne comprends pas la question.

Arihel s'arrête, forçant le grand elfe à faire de même. Elle se tourne vers lui et lève les yeux pour rencontrer son regard. Tous les deux se font face à présent.

— Si je te demandais de tuer Loki, le ferais-tu ?

— Non, maîtresse.

— Pourquoi donc ?

— Parce qu'il est mon maître, tout comme vous.

— On n'a toujours qu'un seul maître, Mastermyr, lui dit Arihel. Un jour, il te faudra peut-être choisir.

L'Elfe de fer fixe sa nouvelle maîtresse en silence.

— Pourquoi as-tu accepté de tuer Sidero ? lui demande cette dernière.

— Parce que vous me l'avez demandé.

— Tu feras tout ce que je te demande ?

Mastermyr acquiesce d'un signe de tête.

— Qui t'a ordonné de m'obéir ainsi ?

— Le seigneur Loki.

— Et s'il te demandait de me transpercer de ton épée, comme tu l'as fait avec Sidero, le ferais-tu ?

L'elfe hésite un moment.

— Non, maîtresse, finit-il par déclarer.

Arihel lui sourit.

— Très bien, Mastermyr. Je voulais simplement m'en assurer.

Ils arrivent enfin à la caserne des soldats. L'Elfe de fer ouvre le portail pour sa maîtresse et attend que cette dernière entre dans le quartier des alters avant d'y pénétrer à son tour.

Une trentaine de super alters sont réunis dans le grand salon. Certains polissent leurs armes, d'autres discutent entre eux, mais tous se figent en voyant la fille de Loki faire ses premiers pas dans la pièce. Après quelques secondes d'hébétude, ils abandonnent tous leurs activités et se lèvent d'un bond, se mettant au garde-à-vous pour démontrer leur respect.

En bon prétorien, Mastermyr se positionne derrière Arihel lorsque celle-ci décide de s'immobiliser. Le grand elfe domine la jeune femme de toute sa hauteur. Sa stature imposante intimide les alters qui échangent entre eux des regards inquiets. Que leur vaut cette soudaine visite? Arihel ne manque pas de déceler leur appréhension.

— Mes amis, commence-t-elle sur un ton compatissant afin de les rassurer, si je suis ici, c'est pour vous apprendre une bien triste nouvelle. Elle concerne notre bien-aimé général Sidero. C'est avec chagrin, braves soldats, qu'il me faut vous annoncer son décès.

L'inquiétude sur les traits des alters se transforme en étonnement.

— Il est… mort? fait l'un d'entre eux.

Feignant la tristesse, Arihel approuve en silence, d'un simple signe de tête.

— Mais… comment? demande un autre alter.

— Je l'ai fait exécuter, répond Arihel.

— Votre Altesse, mais pour quelle raison?

Encore une fois, la jeune femme choisit de jouer la comédie : elle baisse les yeux et prend un air contrit pour leur faire croire à tous qu'elle a agi à son corps défendant.

— C'était un traître, mes amis, leur dit-elle, sachant très bien qu'il s'agit d'un mensonge. J'ai appris de source sûre que le général transmettait des informations secrètes à nos ennemis.

— Mais c'est impossible, Votre Altesse! proteste aussitôt l'un des officiers supérieurs. Je connaissais bien le général, jamais il ne nous aurait trahis. C'était le plus fidèle serviteur du seigneur Loki.

Justement, se dit Arihel. *Il est temps que les alters du Nordland promettent fidélité à leur reine, plutôt qu'à son père.*

— Mettriez-vous ma parole en doute? lui demande Arihel, de manière à lui faire réaliser qu'il s'aventure sur un terrain dangereux.

— Non, madame, je n'oserais pas. C'est simplement que…

— Quel est votre nom? l'interrompt-elle.

— Colonel Ricoh, Votre Altesse.

Arihel évalue son interlocuteur du regard. Son examen soutenu impose le silence, et la jeune femme profite de ce bref intervalle pour réfléchir. Elle a deux choix : soit elle punit l'officier, soit elle s'en fait un allié. Une solution lui paraît plus judicieuse que l'autre.

— Eh bien, colonel Ricoh, vous êtes promu au grade de général, lui annonce-t-elle une fois sa décision prise. À partir de maintenant, c'est vous qui dirigerez notre armée, et c'est de moi seule que vous recevrez vos ordres, c'est compris ?

— Mais Votre Altesse, c'est envers Loki que nous…

— Oubliez Loki ! s'emporte Arihel. Il n'est pas ici. Et il ne pourra rien faire pour vous si je décide de vous faire exécuter pour refus d'obéissance, général Ricoh.

— Oui, madame, répond l'officier avec une nouvelle docilité, tout aussi subite que surprenante. Je comprends, madame. Vous pouvez compter sur mon dévouement total.

Arihel le gratifie d'un large sourire. Elle est satisfaite de sa réponse. *Que de sagesse*, songe la jeune reine. *Et comme il est aisé d'intimider et de manipuler les gens lorsque leur vie est en jeu.*

— J'en suis bien heureuse, mon ami, lui dit-elle, cette fois sur un ton beaucoup plus conciliant. Je n'en attendais pas moins de vous et de vos hommes, précise-t-elle pour bien faire comprendre aux simples soldats que la menace d'exécution, en cas de mutinerie, plane également sur eux.

— C'est avec honneur et diligence que nous vous servirons, ma reine.

— Grand bien m'en fasse ! répond Arihel, jugeant que le jeune général en fait dorénavant un peu trop. Dites-moi, vous avez des nouvelles du front de l'ouest ?

Ricoh acquiesce avec enthousiasme.

— Votre sœur, Jezabhel, a ordonné que le siège social de la Volsung soit bombardé. Les alters du Tyrland ont mis la main sur plusieurs dizaines de missiles nucléaires ayant jadis appartenu aux Américains. Loki et ses fils comptent d'ailleurs se ravitailler là-bas, afin de poursuivre leur conquête de l'Océanie.

— Peut-on espérer que Kalev et ses fulgurs seront anéantis lorsque les bombes de Jezabhel frapperont New York?

— Ce serait fort improbable, Votre Altesse. Kalev de Mannaheim et ses hommes ont récemment abandonné leur refuge de Manhattan.

— Quoi? Et personne ne m'en a parlé?

Le général Ricoh s'agite nerveusement. La mauvaise humeur de sa maîtresse l'empêche de poursuivre. Consciente de ses craintes, Arihel s'adresse à lui sur un ton plus calme:

— Comment pouvez-vous être au courant, général?

— Nous disposons d'un informateur, madame. Il… Il nous a prévenus que les fulgurs et leur chef avaient organisé des transports dans le but de quitter New York.

— Alors, ils savent que nous avions prévu de détruire leur repaire?

— Apparemment, Votre Altesse.

— Et où vont-ils, comme ça, à bord de leurs transports?

— En Normandie, répond Ricoh, à l'abbaye Magnus Tonitrus, sur le Mont-Saint-Michel. C'est là-bas que les chevaliers fulgurs de la loge Europa ont établi leurs quartiers généraux. Selon notre informateur, tous les fulgurs encore vivants, qu'ils soient originaires d'Europe, d'Afrique, d'Amérique, d'Asie ou d'Océanie, ont convenu de rallier le même endroit.

— Ils rassemblent toutes leurs forces à l'abbaye ? Quelle bande d'idiots ! se moque Arihel. Mais c'est parfait pour nous. Vous savez ce qu'il vous reste à faire, général ?

— Des dispositions ont déjà été prises en ce sens, Votre Altesse.

— Ainsi, ce sera bientôt la fin de Kalev et de ses fulgurs !

— Kalev n'y sera pas, lui révèle prudemment Ricoh. Du moins, pas tout de suite. La Walkyrie et lui se trouvent à bord d'un avion hypersonique se dirigeant vers la Bretagne.

— La Bretagne ? Ils se rendent au château d'Orfraie ?

— C'est ce que prétend notre informateur. Ils doivent y rencontrer Hati, la jeune alter. Tom Razan et ses compagnons seront aussi présents.

Arihel balaie le grand salon du regard. Elle n'y dénombre toujours qu'une trentaine de soldats. C'est bien peu pour une armée.

— Dites-moi, Ricoh, où se trouve le reste de vos hommes ?

— Ils sont dispersés dans le Nordland, Votre Altesse, pour s'assurer qu'aucune force rebelle ne franchisse nos frontières.

Arihel ne peut retenir un soupir. Le déploiement de son armée sur le territoire contrarie ses plans, mais elle le juge néanmoins nécessaire.

— Alors je devrai me contenter de votre peloton, déclare-t-elle en s'adressant non seulement à

Ricoh, mais également aux autres soldats présents dans la caserne.

— Qu'attendez-vous de nous, madame ?

— Vous m'accompagnerez en Bretagne. Préparez vos hommes, nous partons bientôt.

— Vous souhaitez vous rendre au château d'Orfraie ?

— N'est-ce pas là que tout le monde s'est donné rendez-vous ?

— Mais, Votre Altesse, c'est beaucoup trop dangereux !

— Il serait bien indélicat de ma part de rater cette petite réunion d'anciens copains, vous ne trouvez pas ?

11

New York
20 octobre 1992

— Vous voulez une bière? lui demanda Hélène sitôt qu'ils eurent fait leurs premiers pas dans l'appartement.

— Non, merci, répondit le notaire Bishop.

— Ça tombe bien, dit Hélène, il ne m'en reste qu'une.

Elle décapsula la bouteille et avala une longue gorgée. Elle invita ensuite Bishop à passer au salon.

— Je suis programmée pour boire, affirma la jeune femme. C'est ma fonction première.

— Alors, vous êtes de ceux qui croient que l'alcoolisme est une maladie?

— Bien évidemment. N'est-ce pas ce que prétendent les spécialistes?

— Les spécialistes prétendent toutes sortes de choses, pourvu que ce soit rassurant.

— Vous savez ce que disait mon grand-père au sujet des alcooliques ? fit Hélène. Qu'ils boivent pour remplir le puits vide de leur âme.

— C'est un point de vue, répondit Bishop.

Il jeta un coup d'œil autour de lui.

— Pas mal, cet appartement.

Hélène se mit à rire.

— Vous êtes sérieux ?

Le notaire examina de nouveau les lieux.

— Il y a pire.

— Il y a toujours pire. Asseyez-vous.

Bishop posa son porte-documents sur la table du salon et s'installa sur le canapé.

— Que cachez-vous dans cette boîte à malice ?

— Une partie de votre passé, répondit Bishop.

La méfiance s'empara de nouveau d'Hélène. Que savait cet homme exactement ? Et que comptait-il faire de l'information dont il disposait ?

— Je n'aime pas parler de mon passé.

— Je comprends tout à fait. Mais il y a certaines choses que vous devez savoir. Des choses qui vous ont été cachées.

— On cache souvent des choses aux alcoolos. C'est pour leur bien, paraît-il.

Bishop sortit un dossier de son porte-documents et le tendit à Hélène.

— Vous avez été adoptée, dit-il sans préambule.

— Hein ?

Bishop hocha la tête.

— Je sais, c'est difficile à admettre, mais c'est pourtant la vérité.

Hélène feuilleta le dossier.

— Qui est cette Juliette Stewart ?

— C'est votre véritable mère.

La jeune femme garda le silence pendant un moment.

— Je n'y crois pas, dit-elle finalement en jetant le dossier dans le porte-documents. Mes parents ne m'auraient jamais caché une telle chose.

— Attendez…

— Je ne sais pas ce qui m'a pris de vous inviter chez moi.

Hélène se rendit jusqu'à la porte d'entrée et l'ouvrit.

— Hélène, ce n'est pas tout…

— J'en ai assez entendu. Sortez d'ici.

— Je vous en conjure…

— Partez!

Bishop obéit, comprenant sans doute qu'il était inutile d'insister. Il referma son porte-documents et quitta l'appartement sans ajouter un mot.

Hélène referma la porte et se dirigea immédiatement vers la cuisine. Elle prit une bouteille de vin rouge dans l'armoire et la débarrassa adroitement de son bouchon de liège. Une fois la première coupe remplie, puis avalée, elle prit le téléphone et composa le numéro de sa mère.

— Comment vas-tu, ma chérie?

— Ça va.

— Tu ne nous donnes pas souvent de tes nouvelles, lui reprocha sa mère. Ton père et moi, nous nous inquiétons pour toi.

— Maman, est-ce que tu connais un homme portant le nom de Bishop?

Silence de réflexion.

— Euh… non, je ne crois pas. Pourquoi?

Hélène hésita. Devait-elle lui parler de sa conversation avec le notaire? Comment aborder le sujet sans blesser sa mère, sans laisser croire qu'elle accordait une quelconque crédibilité aux prétentions de cet hurluberlu?

— Je…

Sa voix tremblait. Il lui fallait se ressaisir, c'était trop important.

— Écoute, dit-elle avec davantage d'assurance, j'ai rencontré cet homme aujourd'hui et… et…

Elle brûlait de lui poser la question.

— Et quoi? fit sa mère.

Tant pis, se dit Hélène. *Je dois savoir.*

— Il a dit que j'étais une enfant… adoptée.

Silence de mort à l'autre bout du fil.

— Maman?

Toujours rien.

— Tu es toujours là, maman?

Hélène commençait à craindre le pire.

— Oui, je suis toujours là, répondit enfin sa mère.

— Alors?

Le ton que la jeune femme avait employé trahissait son impatience.

— Qui est cet homme, Hélène?

— C'est vrai ou non?

— Je ne veux pas parler de ça au téléphone.

Hélène se laissa tomber sur le canapé, ses jambes s'étant dérobées sous elle.

— Alors c'est vrai…

— Chérie…

Hélène raccrocha le combiné d'un geste machinal. La seule chose qu'elle trouva à faire ensuite fut de vider un autre verre de vin.

Puis le téléphone sonna.

Il sonna, sonna, sonna.

Puis sonna encore.

À un moment, il sembla que la sonnerie se transformait en sanglots.

12

*L'escalier en pierre débouche
dans la cour intérieure
du château d'Orfraie.*

Aussitôt dans la cour, Brutal remplit ses poumons d'air frais.

— Une seconde de plus dans ce trou pourri, et c'est du lichen qui me poussait sur le corps !

Razan paraît tout aussi heureux d'avoir regagné la surface.

— Enfin, de l'air pur ! s'exclame-t-il en massant ses jointures douloureuses, toujours incommodées par l'arthrite.

Ils sont vite rejoints par Hati et Jason, qui ne semblent pas partager leur enthousiasme.

— On ne peut pas rester ici, déclare Jason en levant les yeux vers le ciel.

— Nous sommes à découvert, explique Hati. Ce n'est pas prudent.

Razan s'amuse de leur réaction.

— Vous croyez qu'ils peuvent nous repérer par satellite?

— À moins que vous ne craigniez un bombardement? renchérit Brutal.

— Ce n'est pas drôle, les sermonne Hati. Souvenez-vous que les alters peuvent voler. Il y a sans doute des patrouilles aériennes qui sillonnent les environs. Ce territoire, comme plusieurs autres, est sous occupation alter.

— Allons nous abriter à l'intérieur de ce corps de garde, là-bas! propose Jason en indiquant un haut bâtiment de pierre situé tout près des remparts.

Le jeune fulgur s'apprête à faire un premier pas dans cette direction lorsqu'il est arrêté par Razan.

— C'est une bonne idée, cow-boy, mais le minet et toi, vous ne venez pas.

— Tu peux répéter ça? fait Jason en fronçant les sourcils.

— Vous devez partir. Débarrassez-moi le plancher. Toi aussi, Hati.

— Tu ne peux pas être sérieux, intervient Brutal.

— J'ai bien réfléchi, explique Razan, et je ne peux pas le convaincre de tous nous prendre avec lui. Si vous ne partez pas, Kalev vous tuera tous les deux.

À son tour, Hati s'immisce dans la discussion.

— Je n'en suis pas aussi sûre, soutient-elle. Rien ne prouve que Kalev souhaite leur mort.

— Tu en es absolument certaine? Tu miserais ta propre vie là-dessus?

— Non, mais…

— Inutile de prendre ce genre de risque alors.

Razan retourne ensuite à Brutal et Jason.

— *Sayonara*, les copains. Allez, foutez-moi le camp d'ici !

— Demandé aussi gentiment, c'est difficile de refuser, observe Brutal.

— Ne fais pas l'idiot, boule de poils, rétorque Razan. Si je vous demande ça, c'est pour votre propre salut.

— Et où irons-nous ? s'enquiert Jason. Non, je préfère rester ici et combattre plutôt que courir me cacher.

— C'est exactement ce que je veux éviter, dit Razan : les combats. J'ai besoin de Kalev pour retrouver Arielle. Il n'y a que lui qui commande assez d'hommes pour se mesurer à Loki et à sa bande de dégénérés.

Brutal n'en croit pas ses oreilles.

— Mais tu es fou ! Si Kalev souhaite la mort de quelqu'un, c'est bien la tienne !

— Non, pas si j'arrive à le convaincre qu'il a besoin de moi.

— Et comment espères-tu y parvenir ? lui demande Hati qui, à l'instar de Jason et Brutal, semble douter de ses chances de réussite.

Razan les observe tour à tour en silence. Doit-il leur révéler son plan ? Si c'est la seule façon de les convaincre, pourquoi pas ?

— Je vais lui dire que je suis le Guerrier du signe, leur révèle-t-il.

— Et tu penses qu'il va te croire ? s'étonne Jason. Bonne chance, mon vieux.

— Personne ne connaît l'identité de ce guerrier, leur rappelle Brutal.

Razan acquiesce à la remarque de l'animalter.

— Eh bien, justement, Kalev l'ignore aussi. Et qui sait, c'est peut-être réellement moi ? N'étais-je pas le seul à pouvoir retirer l'épée Adelring de cet arbre ? Kalev n'est pas assez fou pour s'en prendre à l'unique personne qui a la capacité d'utiliser cette arme contre Loki.

— N'empêche que c'est un pari dangereux, note Hati.

Le regard sévère de Razan se pose sur la jeune alter.

— Qu'est-ce que ça change pour toi, hein ? Tu étais prête à me livrer à lui !

— Non, pas toi, proteste aussitôt Hati. Je te l'ai dit : je ne souhaitais lui livrer que Jason et Brutal.

— Charmant, fait l'animalter.

— Et tu espères me faire croire ça ? demande Razan.

— C'est la vérité.

— Ton amour pour le beau capitaine Razan t'a rendue bien naïve, lui dit Jason. Kalev ne se contentera pas uniquement de Brutal et de moi. Celui qu'il veut, c'est Razan. N'est-ce pas la raison pour laquelle il se déplace jusqu'ici ?

Hati se met à rougir, ce qui est inhabituel pour une alter.

— Tu croyais retomber dans les grâces de Kalev en nous livrant à lui ? demande Brutal. C'est vrai que tu es plutôt naïve pour une alter.

— Nous avons tous besoin de lui pour vaincre Loki, rétorque Hati, à bout de patience. C'est la seule façon de libérer votre monde.

Jason n'est pas d'accord :

— Si Kalev veut se débarrasser de Loki, c'est seulement pour régner à sa place. Le remède est pire que le mal.

— Comment comptez-vous anéantir Loki alors ?

— À nous trois, on trouvera, affirme Brutal en regardant tour à tour Razan et Jason.

— À vous trois ? se moque Hati. Ridicule ! Loki dispose d'une armée entière de super alters, sans oublier sa maîtresse, ses deux fils et les dix-neuf sœurs reines qui gouvernent les nouveaux territoires. Vous ne faites pas le poids !

Razan lève une main, afin que tous se taisent.

— Il y a une autre solution, leur révèle-t-il. Il est dit que la victoire des forces de la lumière sera totale lorsque deux élus ne feront plus qu'un, lorsque enfin seront réunis les médaillons demi-lunes. Ces demi-lunes sont Arielle et Kalev.

L'étonnement se lit autant sur le visage de Jason que sur les traits félins de Brutal.

— Qu'est-ce que tu veux dire ? lui demande l'animalter. Tu vas laisser Kalev s'unir à Arielle ? Je croyais que tu voulais la retrouver !

— Oui, je dois la retrouver, afin de la sauver. Mais ensuite…

— Ensuite quoi ? fait Brutal. Tu la pousseras dans les bras de Kalev ? Ça ne tient pas debout. Arielle déteste Kalev. C'est toi qu'elle aime, Razan. Une union entre ma maîtresse et ce cinglé ne peut rien nous apporter de bon, et surtout pas la victoire.

— Je ne dis pas que ça me réjouit, boule de poils. Je dis juste que c'est ce qui doit être accompli.

— Tu dis des bêtises, renchérit Jason. Depuis quand te laisses-tu influencer par ces prophéties ?

— Pendant longtemps, j'ai douté, répond Razan, mais maintenant, je sais que tout ça est vrai.

Hati s'interpose entre Razan et ses deux compagnons.

— Écoute-moi, lui dit-elle. Cette union entre Kalev et Arielle n'est peut-être qu'une conséquence de la victoire… et non une cause. Ce n'est pas clair dans les écrits. Il est encore trop tôt pour conduire Kalev auprès d'Arielle. Viens plutôt avec moi. Partons d'ici.

La proposition de la jeune alter surprend Razan.

— Je croyais que le soutien de Kalev était nécessaire pour combattre nos ennemis ? Et à présent tu veux le fuir ?

— Je veux te protéger, rectifie Hati.

— Tu l'as dit toi-même : sans Kalev, il n'y a aucun espoir de victoire.

Hati approuve d'un signe de tête.

— C'est vrai, et je le crois toujours. Mais si tu restes ici, il te tuera. Et peut-être qu'ensuite, ce sera mon tour. Il me punira pour t'avoir aidé.

— Ma foi, un regain de lucidité ! raille Brutal.

— C'est fort probable qu'il s'en prenne à toi, en effet, dit Razan à l'intention de Hati. Alors pars avec le cow-boy et le minet. Moi, je reste.

— Razan, non, tu ne peux…

— Ma décision est prise, la coupe-t-il abruptement.

Brutal manifeste l'envie de protester à son tour, mais Razan l'en dissuade en posant une main sur son épaule.

— Il est préférable que vous échappiez à Kalev, tous les trois, leur dit-il. On ne sait jamais : un jour, j'aurai peut-être besoin de votre aide. Mais pour cela, il faut que vous demeuriez libres… et vivants.

— Je ne te quitterai pas, insiste Hati.

Son obstination provoque la colère de Razan.

— Cette fois, ça suffit !

D'un mouvement vif, Razan retire sa main de l'épaule de Brutal et la porte au cou de la jeune alter. Il la referme sur sa gorge et serre autant que sa force le lui permet.

— Si tu ne pars pas avec eux, je te tue !

Hati est trop surprise pour réagir.

— J'ai perdu Arielle à cause de toi ! lui crache-t-il au visage. Et cette rencontre avec Kalev me permettra peut-être de la retrouver. Il est hors de question que je t'autorise à tout gâcher encore une fois, tu m'as bien compris ?

Razan libère enfin la jeune femme et la pousse loin de lui, sans cacher son dédain. Jason et Brutal restent sans mot, tout autant que Hati, qui tente de reprendre son souffle.

— Allez, dégagez, tous les trois ! leur ordonne-t-il d'une voix tonnante. Tirez-vous !

L'animalter, le fulgur et la jeune alter s'exécutent en silence. L'un à la suite de l'autre, ils traversent la cour intérieure du château et se dirigent vers le portail ouvert, celui qui donne sur la forêt. Non sans un dernier regard pour Razan, ils franchissent finalement l'enceinte du château fort, cernée de hauts remparts de pierre, et disparaissent rapidement sous les arbres.

13

New York
20 octobre 1992

— Adoptée? fit Sandy.

L'étonnement le plus pur se lisait sur son joli visage.

— C'est ce qu'il a dit, confirma Hélène.

— Comment il peut savoir une chose pareille? Ces choses-là sont confidentielles, non?

Hélène haussa les épaules et prit une gorgée de vin.

— Apparemment, ce n'est pas toujours le cas.

— Pourquoi s'intéresse-t-il à toi? demanda Sandy.

— Je ne sais pas.

— Tu ne le lui as pas demandé?

Hélène en était à sa septième coupe de vin. Ses idées n'étaient plus très claires.

— Je ne crois pas.

Sandy termina sa troisième consommation.
Hélène buvait deux fois plus vite que son amie ;
sans doute parce que sa soif était plus grande.

— Il faut découvrir pourquoi il en sait
autant.

— Je n'en ai pas envie, Sandy.

Cette dernière fronça les sourcils.

— Pourquoi ?

— Je ne suis pas certaine de vouloir savoir ce
qu'il sait, répondit Hélène en remplissant de
nouveau son verre.

— Qu'est-ce que tes parents en pensent ?

Nouveau haussement d'épaules de la part
d'Hélène.

— Rien à faire de mes parents.

— Je ne te crois pas.

— Ils m'ont tous les deux menti, déclara
Hélène.

— Ils avaient sûrement une bonne raison.

Elle tendit la bouteille de vin à Sandy et
retourna sur le canapé.

— J'en doute.

— Tu leur as demandé ?

— Pas eu besoin.

Il était temps pour Hélène de confier un de
ses secrets à Sandy. En temps normal, elle ne
l'aurait pas fait, mais l'alcool avait tendance à lui
délier la langue.

— Tu sais, il m'arrive parfois de voir l'avenir,
affirma Hélène.

Sandy acquiesça, puis se mit à rire.

— Il t'arrive surtout de trop boire.

— Je suis sérieuse, Sandy.

— Pas autant que moi.

— Attention à ta dent.

— Quoi?

Et à cet instant précis, Sandy porta la coupe de vin à ses lèvres. Alors qu'elle ouvrait la bouche, elle fit un faux mouvement et cogna une de ses dents contre le rebord du verre.

— Aïe!

Sandy examina la coupe, puis lança un étrange regard à son amie.

— Tu m'as distraite, dit-elle, sceptique.

Hélène secoua la tête.

— Tu vas éternuer.

— T'es complètement…

Sandy s'interrompit. Ses yeux s'écarquillèrent puis, tel que l'avait prédit Hélène, elle éternua: «ATCHOUUUUU!»

Un doute traversa alors l'esprit d'Hélène. Avait-elle réellement prévu cet éternuement, ou l'avait-elle elle-même provoqué?

— Comment tu fais ça?

— Aucune idée, répondit Hélène. Ça ne fonctionne pas toujours. La plupart du temps, ça se produit lorsque je dors. Les rêves et les prémonitions s'entrecroisent et quelquefois je ne parviens pas à les distinguer les uns des autres.

— Tu arriverais à deviner la combinaison gagnante du prochain tirage du loto?

— Arrête tes bêtises.

— C'est pas des bêtises, Hélène! Allez, on file à Atlantic City!

— Je ne bouge pas d'ici.

Sandy se leva brusquement.

— Mais tu ne comprends pas : si ça marche, on va être riches !

— Si on sort de cet appartement, tu vas te faire renverser par un taxi.

Sandy examina son amie pendant un moment ; sans doute évaluait-elle ses intentions.

— Je ne te crois pas, dit Sandy. Tu dis ça pour me faire changer d'idée.

— Tu veux vraiment risquer le coup ?

Sandy réfléchit quelques secondes, puis se rassit.

— Un foutu taxi…, répéta-t-elle, comme si ça n'avait aucun sens.

Hélène hocha la tête en réprimant un fou rire.

— Désolée, dit-elle.

— Je…

Sandy se racla la gorge.

— J'aurais été gravement blessée ?

Hélène passa sa main, bien droite, sous son menton pour lui signifier qu'elle aurait été décapitée sur le coup.

— Foutaises ! rétorqua Sandy sur un ton peu convaincant.

Hélène ne pouvait se retenir davantage ; elle pouffa de rire.

— Sale petite bluffeuse ! s'écria Sandy en comprenant que son amie l'avait menée en bateau.

Puis elle éclata de rire à son tour.

14

Le Nocturnus *termine sa traversée
de l'Atlantique et s'approche
des côtes de Bretagne.*

Ael dirige l'appareil vers la forêt de Brocéliande et se pose dans la clairière située tout près du château d'Orfraie. Elle connaît l'endroit pour y être déjà venue auparavant. Une fois les moteurs éteints, la jeune Walkyrie déverrouille la porte du *Nocturnus* et fait descendre la passerelle. Jakob Thorker et Nathan Thorville sortent les premiers et effectuent une rapide inspection des lieux, afin de s'assurer que le secteur est sécuritaire. Une fois convaincus qu'il ne s'y trouve aucune menace, les deux fulgurs informent Kalev qu'il peut quitter l'appareil. Ce dernier descend la passerelle en compagnie d'Ael. Ils sont suivis par deux alters renégats; les deux autres ont reçu pour consigne de demeurer à l'intérieur du *Nocturnus* jusqu'à leur retour. «Si quelqu'un d'autre que nous tente de s'approcher de cet appareil, vous l'abattez sur-le-champ, leur a ordonné Kalev. Pas question de se faire piquer notre unique moyen de transport, c'est compris ? » Les deux alters ont acquiescé en silence.

— C'est par là, dit Ael lorsque le petit groupe s'est enfin rassemblé à la lisière du bois.

Elle désigne une colline située à l'est de la forêt. De leur position, ils peuvent déjà apercevoir les fortifications du château.

— C'est à environ une heure de marche, ajoute la jeune Walkyrie en s'avançant la première sur le sentier. Il n'y a pas de temps à perdre.

Kalev lui emboîte le pas, aussitôt imité par Thorker et Thorville. Les deux alters renégats, armés de leur épée fantôme, ferment la marche.

Ils traversent la forêt sans encombre et atteignent le pied de la colline une soixantaine de minutes plus tard. Devant eux s'élève à présent le château d'Orfraie. Ils font face au portail, demeuré ouvert. Il leur faudra encore quelques minutes pour gravir la pente ascendante et pénétrer dans l'enceinte du château. *Que découvrirons-nous à l'intérieur de ces remparts ?* se demande Kalev. *Razan et ses compagnons s'y trouvent-ils réellement ? Si c'est le cas, opposeront-ils une résistance ?* Connaissant bien Razan, Kalev conclut qu'il ne se livrera pas facilement. En tout cas, pas sans combattre.

Alors que Kalev et son groupe amorcent leur montée, une silhouette apparaît au milieu du portail. Grande et élancée, elle les salue d'un signe de la main.

— C'est pas trop tôt ! leur crie la silhouette depuis le haut de la colline. Je commençais à me demander si vous n'aviez pas oublié notre rendez-vous!

La voix est masculine, et sa déclaration est suivie d'un grand éclat de rire.

— Razan! grogne Kalev entre ses dents.

Thorker et Thorville dégainent leurs marteaux mjölnirs, prêts à les lancer en direction de Razan. Ils sont arrêtés par Ael qui, de l'index, leur intime l'ordre de se détendre.

— Il n'est pas armé, leur dit-elle.

— Et alors? rétorque Jakob Thorker. C'est peut-être un piège.

Visiblement, le commandant des fulgurs refuse de rengainer ses mjölnirs.

— Pourquoi est-il seul? demande le jeune Thorville, qui partage la méfiance de son chef. Où sont les autres, Jason, l'animalter et Hati?

Ael l'ignore. Elle secoue la tête en silence et reprend la marche. Bientôt, ils ont tous rejoint Razan au sommet de la colline. Celui-ci habite toujours le corps de Karl Sigmund. Ses cheveux longs et sa barbe, ainsi que sa grande carcasse chétive, n'évoquent en rien le jeune homme costaud et robuste qu'il est en réalité. Un petit sourire de satisfaction se dessine sur les lèvres de Kalev à l'approche de Razan, ce qui démontre bien que le prince est ravi de se trouver dans le corps du jeune homme plutôt que dans celui de Sigmund.

— Et voilà qu'on se croise de nouveau, déclare Razan à l'intention de Kalev. Heureux de constater que tu n'as pas abîmé mon corps, ajoute-t-il sur le même ton railleur. Je note tout de même que tu as pris un peu de poids, je me trompe? Une saine alimentation et un peu d'activité physique, c'est la clef, mon vieux.

— Cesse tes bêtises, Razan, répond Kalev en se plaçant devant lui. Je n'ai pas envie de rire.

— En es-tu seulement capable?

Kalev fait fi de la remarque.

— Où est Hati?

Du menton, Razan désigne la forêt.

— Elle est allée pique-niquer avec le matou et le cow-boy.

— Ne joue pas au plus fin avec moi, lui conseille Kalev.

— Loin de moi cette idée, répond Razan. Je ne t'ai pas menti: ils ne sont pas ici. Je les ai chassés tous les trois du château peu avant votre arrivée.

— Pourquoi?

— Pourquoi? répète Razan, amusé. Eh bien, à ton avis?

— Hati devait nous livrer l'animalter et le fulgur…

— Il n'y a que moi, l'interrompt Razan. Tu devras t'en contenter.

Kalev secoue la tête:

— Hati ne m'aurait pas désobéi. Que lui as-tu fait? Tu l'as tuée, n'est-ce pas?

Cette fois, c'est Razan qui signifie son désaccord:

— Je ne lui ai fait aucun mal. Que veux-tu, la pauvre fille est amoureuse de moi. Elle m'a dans la peau et ne peut rien me refuser. Je lui ai demandé d'aller cueillir des champignons et c'est en gambadant qu'elle y est allée. Point final.

Kalev jette un regard par-dessus son épaule, en direction des deux alters renégats qui s'empressent de brandir leurs épées fantômes et d'en menacer Razan. Ce dernier recule d'un pas tout en levant les mains. Il n'a pas l'intention de leur résister.

— Tout doux, les gars, leur dit Razan. Je déteste la bagarre.

Après une courte pause, il ajoute, toujours pour les deux alters :

— Étrange réaction de votre part, tout de même. Je croyais que vous souhaitiez faire de moi votre capitaine. N'est-ce pas ce que j'ai compris lors de notre première rencontre dans le métro de New York ?

— Ce qu'ils veulent, c'est tuer Loki, répond Kalev à leur place.

Razan tourne lentement la tête vers Ael. En baissant les yeux, il voit qu'à la taille de la jeune femme pend l'épée Adelring.

— C'était chouette de nous fausser ainsi compagnie, Ael, lui dit Razan. Je ne te cache pas que le pauvre Jason a été le plus surpris d'entre nous.

Ael détourne le regard. Elle s'en veut d'avoir agi ainsi, mais elle n'avait pas le choix. Son seul et unique maître est Kalev de Mannaheim, quand vont-ils enfin le comprendre ? Elle doit lui obéir en toutes circonstances, qu'elle le veuille ou non. Elle se trouve fort peinée que Jason ait été déçu par ses agissements — qu'il considère certainement comme un acte de pure trahison —, mais elle est prête à assumer les conséquences de ses choix, même si cela lui coûte l'amour et l'estime du jeune fulgur. Du moins a-t-elle réussi à s'en convaincre.

— J'ai fait ce qu'on attendait de moi, répond Ael en essayant de garder sa contenance.

Sa réplique provoque le rire de Razan :

— Tu as droit à toute mon admiration, blondie ! Tu es l'employée du mois !

Ael n'a pas l'intention d'en rester là. Elle déclare :

— Tous ceux qui sont présents ici, devant toi, ne souhaitent qu'une chose : la disparition de Loki et de ses fidèles. Et toi, Razan, que souhaites-tu ?

Il hoche la tête en silence, reprenant son sérieux.

— La mort de Loki, il n'y a que moi qui puisse vous l'offrir, affirme-t-il avec aplomb. Et vous le savez aussi bien que moi. Sinon, il y a longtemps que vous m'auriez tué.

— Que veux-tu dire ? fait immédiatement Thorker.

— Demande à ton prince, lui suggère Razan en fixant son regard à celui de Kalev.

Ce dernier hésite un moment. Puis, sans quitter Razan des yeux, il répond :

— Notre ami veut nous faire croire qu'il est le Guerrier du signe, le seul qui puisse tuer Loki grâce à l'épée Adelring. N'ai-je pas raison, Razan ?

— Je n'ai pas besoin de vous en convaincre, parce que vous le savez déjà. Je suis le Guerrier du signe, et sans moi, jamais vous ne pourrez vous débarrasser de Loki.

— Tu as une preuve de ce que tu avances ? demande Kalev.

— Donnez-moi Adelring et on verra bien.

— Pas question ! s'oppose aussitôt Thorker avec véhémence.

Kalev soupèse l'argument de Razan tout en continuant à le jauger du regard.

— D'accord, dit-il.

Il s'adresse ensuite à Ael :

— Laisse-le prendre l'épée.

Ael n'est pas certaine d'avoir bien compris.

— Allez, dépêche-toi ! ordonne Kalev devant l'hésitation de la jeune femme.

Celle-ci s'exécute finalement, non sans afficher son scepticisme. Elle s'avance vers Razan et lui offre son flanc gauche afin que ce dernier puisse saisir l'épée qui repose toujours dans son fourreau. Razan referme sa main sur la poignée d'Adelring et la dégaine d'un mouvement brusque et rapide. Dès qu'elle se retrouve à l'air libre, la lame magique se met à briller de tous ses feux. Une émanation lumineuse de couleur jaune enveloppe l'épée, tandis que les rubis de la poignée et de la garde projettent en tous sens leurs rayonnements multicolores. On dirait qu'au contact de Razan, l'épée reprend vie.

— Il vous faut une preuve supplémentaire ? leur demande Razan, victorieux, mais néanmoins soulagé qu'Adelring se soit comportée exactement comme elle l'avait fait dans cette cave, lorsqu'il l'avait retirée de l'arbre Barnstokk.

Ébahis par ce spectacle, les deux fulgurs ont un mouvement de recul. Ils se heurtent aux deux renégats derrière eux, qui, tout comme Thorker et Thorville, sont incapables de détacher leur regard d'Adelring, fascinés par tant de magnificence. Seuls Ael et Kalev parviennent à conserver leur flegme devant la démonstration de Razan.

— Ça n'a rien à voir avec toi, soutient Kalev. Si cette épée réagit de cette manière, c'est seulement parce qu'elle est tenue par un descendant du guerrier Siegmund, fils de Volsung.

— Peut-être que oui, peut-être que non, répond Razan en abaissant Adelring. Tu souhaites réellement prendre le risque? À moins que tu ne préfères récupérer le corps de Karl Sigmund pour t'en assurer? J'avoue que je serais assez tenté par un échange. Cette vieille carcasse est plutôt inconfortable, tu sais.

Kalev ne peut s'empêcher de sourire.

— D'accord, alors disons que tu es vraiment le Guerrier du signe. Qu'attends-tu de moi exactement? Que je te laisse m'accompagner, afin que tu puisses me transpercer de ton épée dès que l'occasion se présentera?

Razan ne répond pas tout de suite. Que lui reste-t-il comme option? Jouer la carte de l'honnêteté ou tenter d'échafauder un mensonge que personne ne croira? La réponse lui vient rapidement.

— J'ai besoin de toi pour retrouver Arielle Queen, admet-il finalement.

— Quoi? J'ai sûrement mal compris.

— Tu tiens à elle autant que moi, explique Razan. C'est la raison pour laquelle tu m'as volé mon corps: pour la séduire.

— Et alors ? Je n'ai pas besoin de toi pour secourir Arielle.

— Non, mais tu as besoin de moi pour tuer Loki.

— Ce n'est pas encore certain.

Razan relève l'épée Adelring et appuie la pointe de la lame contre sa propre poitrine.

— Libre à toi de décider si je suis le Guerrier du signe ou non.

— Si je dis non, que vas-tu faire ? T'embrocher sur cette épée ?

— Si je meurs, Karl Sigmund meurt aussi, ainsi que tes chances d'éliminer Loki et de régner un jour sur ce monde. Alors, quel est ton verdict, prince des hommes ?

Kalev réfléchit en silence.

— D'accord, dit-il au bout de quelques instants. Allons la délivrer. Ensemble.

15

New York
20 octobre 1992

La sonnerie était bizarre. À un moment, Hélène se demanda si elle avait bien fait le bon numéro. Il y avait tellement de chiffres à composer qu'il devenait facile de commettre une erreur.

On répondit enfin :

— Allô ?

— Anthony ?

— Hélène ? C'est toi ? Comme je suis heureux d'entendre ta voix !

— Moi aussi. Alors, comment ça se passe ? Les Italiennes ne sont pas trop casse-pieds ? Sois honnête : combien ont essayé de te dévêtir ?

— Hmm… La majorité d'entre elles, je dirais.

— Et ce, malgré ton accent new-yorkais ?

Anthony se mit à rire.

— Oui, malgré mon accent new-yorkais, dit-il. Tu me manques, Hélène Utterson.

La jeune femme soupira intérieurement. Il lui manquait aussi ; plus que toutes les autres fois où il avait quitté le pays pour un tournage.

— Et toi, ça va ? lui demanda-t-il.

Anthony Cardin était parmi ces rares personnes qui, lorsqu'elles vous demandent comment ça va, s'attendent vraiment à une réponse franche.

Hélène hésita un instant.

— Pas si mal.

— Tu en es sûre ?

Hélène avait fait preuve d'une certaine retenue et il l'avait senti. Devait-elle tout lui raconter ? Elle ne voulait pas l'inquiéter avec ses problèmes. Anthony avait besoin de toute sa concentration pour le tournage. Il fallait lui éviter tout souci.

— Tout à fait sûre, le rassura-t-elle.

— Je te connais bien, Hélène. Il y a quelque chose que tu ne veux pas me dire.

La jeune femme grimaça à l'autre bout du fil. Elle l'avait sous-estimé.

— On en reparla lorsque tu seras de retour au pays.

— Hélène…

— Ce n'est rien, Anthony, je te jure. Ne t'inquiète pas.

— Ça concerne tes parents ?

— Non.

— Ton amie Sandy ?

— Non.

— Tu as besoin d'argent ?

— Non.

— Tu as rencontré un homme ?…

— Non.

— Il t'a larguée ?

— Anthony, arrête…

— Je veux savoir.

Hélène devait continuer à lui mentir. Pas question de lui annoncer qu'elle était une enfant adoptée. Il était bien capable de tout planter là, le tournage, les acteurs, le réalisateur, tout, et de revenir au pays juste pour lui apporter son « soutien moral », comme il disait.

— J'ai fait la fête hier soir, tenta Hélène.

— Tu as bu ?

— Ça t'étonne ?

— Et alors ?

— Et alors j'ai trébuché en essayant d'éviter Poole, expliqua Hélène.

Poole, c'était son chat. Un matou obèse et maladroit qui ne pensait qu'à deux choses : dormir et s'empiffrer de nourriture sèche (formule réduite en calories pour chats âgés ou inactifs).

— Tu t'es fait mal ?

— Non, pas trop.

Hélène était assez contente de sa trouvaille ; ce n'était pas la première fois que l'alcool lui causait des problèmes de ce genre. Elle s'était cassé la figure à plusieurs reprises au cours de la dernière année. Et ça, Anthony le savait. Avec un peu de chance, il jugerait cette histoire vraisemblable.

— Tu vas finir par te briser quelque chose… ou pire.

— Me tuer ?

— Te tuer.

— Arrête de t'en faire pour moi, lui dit Hélène. Je suis une grande fille maintenant.

— Laisse-moi en douter, répondit Anthony.

— Tu n'es pas un modèle de maturité, toi non plus.

— Pardon ? Tu blagues, j'espère !

Hélène se mit à rire.

— Reviens vite, lui dit-elle.

— Je vais essayer. De ton côté, promets-moi d'être prudente et surtout de ne pas trop boire.

— C'est promis.

Ils raccrochèrent. Avait-il cru son histoire ? Elle le souhaitait sincèrement. Mais en même temps, elle espérait tout de même qu'il s'inquiétait un peu, car ça lui plaisait bien d'imaginer qu'Anthony pensait quelquefois à elle.

16

*Le lieu de la rencontre se situe
en terrain neutre.*

Quatre hommes se font face au sommet d'une haute montagne, au milieu d'un paysage dévasté. Cet endroit a autrefois porté le nom d'Helheim, le royaume des morts, mais n'est plus à présent qu'un monde en ruine. D'un côté se tiennent le dieu Thor et l'elfe Lastel, le grand général des armées d'Alfaheim. De l'autre, on trouve le dieu Tyr, accompagné du roi humain Markhomer, premier seigneur des hommes et père de Kalev de Mannaheim. Tous les quatre se sont donné rendez-vous pour discuter de l'avenir de Midgard, le royaume terrestre.

C'est Thor qui brise le premier le silence :

— Je croyais que l'Helheim avait disparu, dit-il en balayant du regard les contrées nordiques infertiles qui s'étendent à perte de vue autour d'eux.

Le dieu Tyr acquiesce.

— L'Helheim n'est plus, confirme-t-il, mais il existe toujours dans nos mémoires. Voici sa représentation.

— Où vont les morts maintenant? demande le général Lastel.

— Dans le grand néant éternel, répond Tyr, là où nous finirons tous, mes amis. Même le grand seigneur Odin n'y a pas échappé. Quant à savoir s'il existe autre chose au-delà de ce grand néant, je crains de ne pas pouvoir vous répondre. Aucune créature, qu'elle soit divine ou mortelle, n'est revenue de ce voyage pour nous donner la réponse.

Il y a un moment de silence, pendant lequel on n'entend que le vent souffler en bourrasques.

— Pourquoi nous avoir conviés ici? demande soudain Thor.

— Parce qu'un combat a lieu en ce moment même sur la Terre, explique Tyr. Un combat qui risque de laisser ce royaume, que nous chérissons tous, dans un bien mauvais état. Les forces qui s'opposent à Loki sont divisées, et c'est en partie notre faute. Nos deux héritiers se font la guerre plutôt que de s'unir contre Loki.

— Il n'y a qu'un seul héritier, et c'est le nôtre! proteste Thor.

— Kerlaug n'est pas l'aîné..., soutient Markhomer.

— Il est le premier-né, rétorque aussitôt Lastel. En vérité, il est votre unique enfant, Markhomer, le seul de vos fils qui ait jamais vu le jour, le seul en droit de réclamer le nom et le titre de Kalev de Mannaheim.

— Tout ça à cause de vos sombres manigances ! s'emporte Markhomer, s'adressant à la fois à Thor et à Lastel. Qui vous a permis d'accorder la vie à l'un de mes fils et de condamner l'autre ?

— Je n'ai besoin d'aucune permission ! rugit Thor, visiblement indigné qu'un simple humain lui parle sur ce ton. Je suis le digne successeur d'Odin, le seul maître de cet univers ! Midgard m'appartient, tout autant que les autres royaumes ! Et l'homme qui régnera sur la Terre sera l'un de mes fidèles, car c'est à moi qu'il devra répondre !

Markhomer n'a pas l'intention d'en rester là.

— Et c'est pour cette raison que vous avez conclu cette alliance avec Kerlaug, affirme-t-il, toujours sur le même ton méprisant. Ainsi, vous espériez vous assurer le contrôle des trois plus grands royaumes de l'Ygdrasil : l'Asaheim, l'Alfaheim et Midgard. Mais pour former ce Thridgur, il vous fallait Kerlaug, n'est-ce pas ? Car vous saviez que jamais Kalev ne vous aurait suivi !

— Vous avez votre candidat, nous avons le nôtre, déclare l'elfe Lastel sur un ton plus posé. Voyons lequel des deux se débrouillera le mieux.

De nouveau, le silence.

— J'ai informé Kerlaug qu'il n'était pas le véritable Kalev de Mannaheim, leur révèle soudain Markhomer.

— Misérable humain ! s'indigne le dieu Thor. Tu lui as menti !

— Non, c'est la vérité et vous le savez très bien.

— Ça suffit maintenant, intervient le dieu Tyr. Si je t'ai fait venir ici, Thor, c'est que j'ai besoin de savoir une chose : ne souhaites-tu pas, comme nous, que les humains sortent victorieux de leur combat contre Loki ?

— Bien sûr que si, répond Thor. Mais ils peuvent très bien le faire sans que nous ayons besoin de former une alliance, toi et moi. Soutenu par ma propre armée de fulgurs, mon Kalev a toutes les chances de remporter la bataille. Le tien est seul et sans ressources. Il n'a aucune chance. Même tes guerriers tyrmanns m'obéiront si je leur en donne l'ordre.

— Tu es prêt à jouer l'avenir de l'humanité sur cette seule certitude ?

Thor sourit.

— Que crois-tu que nous sommes, tous les deux ? Des amis ? Des frères ? Personne ne sait d'où tu viens, pas même Odin.

— Je suis le renouveau, Thor, déclare le dieu Tyr.

— Renouveau ou pas, jamais je ne pourrai te faire confiance. Je t'ai un jour offert le Niflheim, mais ça n'a pas été suffisant pour toi. Maintenant tu veux t'emparer de l'Ygdrasil, mon univers, celui que mon père m'a légué.

— Il ne t'a rien légué du tout, s'empresse de rectifier Tyr. L'Ygdrasil ne lui a jamais appartenu. Il n'appartient à personne. Il nous est prêté, et c'est maintenant à moi de veiller à ce qu'il soit préservé.

— Qui t'a donné ce pouvoir ?

— La foi des hommes et de chacune des créatures qui évoluent dans cet univers. Ils m'ont choisi, tu comprends. Et bientôt, ils croiront suffisamment en moi pour que je puisse les aider.

Thor fait un pas en direction de Tyr et fixe son regard haineux dans celui de son vis-à-vis.

— Alors nous sommes ennemis, Tyr.

— Tu fais le mauvais choix, mon ami.

— Ce monde est à moi et jamais je ne t'autoriserai à me le prendre.

— Je n'aurai pas à le prendre, il s'offrira à moi.

— Alors je te tuerai ce jour-là.

Tyr secoue lentement la tête.

— Tu ne peux pas tuer l'espoir et la foi.

17

New York
21 octobre 1992

Hélène terminait sa cinquième coupe de vin lorsqu'il entra dans le bar. Un joli garçon. Des cheveux bruns, courts. De gros bras et de grandes jambes. Il se dirigea droit sur elle.

— C'est toi, Hélène?

Elle acquiesça. La colère manifeste du jeune homme n'enlevait rien à sa beauté.

— Où est Sandy? demanda le garçon. Elle est ivre?

— Vous êtes qui? Son père?

Il était trop jeune pour être son père, mais Hélène n'avait pu résister à l'envie de le remettre à sa place. Il ne faut jamais brusquer une alcoolo en plein exercice de ses fonctions.

— Je suis son frère, l'informa-t-il d'un ton péremptoire.

Cette garce de Sandy lui avait caché qu'elle avait un frère aussi mignon.

— Vous avez un nom, frère-de-Sandy?

Le jeune homme inspira. C'était bon signe. Il allait se calmer — du moins, Hélène l'espérait-elle.

— Frank, répondit-il.

— Bonjour, Frank. Je suis Hélène Utterson, dit-elle en lui tendant la main.

— Je sais qui tu es, répondit Frank en détaillant la main de la femme avec dédain, comme s'il se fût agi d'un tentacule visqueux.

— La lèpre ne sévit pas encore à New York, lui dit-elle.

Cette fois, il prit sa main et la serra mollement, comme pour se débarrasser de la corvée.

— Ma sœur m'a parlé de toi, lui révéla Frank.

— En bien, j'espère.

— C'est avec toi qu'elle s'enivre, n'est-ce pas?

Il y avait quelque chose d'accusateur dans le ton qu'il avait employé.

— Effectivement. Nous avons une passion commune.

— L'alcool?

— Les échecs. Vous faites quoi dans la vie, Frank?

— J'essaie d'aider ma sœur.

— Passionnant. Et ça occupe tout votre temps?

Frank se détourna d'Hélène sans répondre et se dirigea vers les toilettes.

— Frank?

Il jeta coup d'œil désintéressé dans sa direction.

— Revenez, lui dit-elle. J'aimerais vous parler. Tenez, je vous paie un verre!

Il leva la main bien haut et lui adressa un doigt d'honneur.

— Ne soyez pas fâché !

Normalement, Hélène n'aurait pas insisté autant, mais l'effet désinhibiteur de l'alcool commençait à faire son œuvre.

— Je suis désolée. Allez, revenez !

Frank croisa les bras et revint vers elle.

— Tu es ivre.

— Pas tout à fait, non, répondit-elle.

— Laisse ma sœur tranquille, tu as compris ?

Hélène s'étonna de sa réaction.

— La laisser tranquille ?

— Fous-lui la paix ! *Capice* ?

Elle prit un air offusqué.

— Je ne l'ai jamais forcée à faire quoi que ce soit…

— Tu l'incites à boire !

— Croyez-moi, cher Frank, elle n'a besoin de personne pour la pousser à boire. Elle est capable de faire ça toute seule, comme tout alcoolique qui se respecte.

— Elle a une petite fille.

— Quoi ?

— Et sa mère lui manque.

Hélène était estomaquée. Elle ne pouvait rien répliquer à cela. Elle fixa le jeune homme en silence. L'alcool pouvait pousser certains personnes à faire des choses horribles, elle ne le savait que trop bien.

— Alors, tu vas lui foutre la paix ?

— Si votre sœur néglige sa fille à cause de l'alcool, eh bien, ce n'est pas mon problème.

Hélène ne pensait pas ce qu'elle venait de dire, mais il lui fallait à tout prix chasser ce sentiment de culpabilité qui la tenaillait.

— Maintenant ça l'est, affirma Frank. Chaque fois que tu verras ma sœur boire un verre, tu penseras à sa fille et au fait qu'elle ne voit plus jamais sa mère.

— J'ai l'impression que vous voulez me jeter un sort, lui dit Hélène.

— Si seulement j'en avais le pouvoir…

La jeune femme se mit à rire.

— On dirait que vous ne m'aimez pas beaucoup.

— C'est si évident ?

Les yeux de Frank étaient comme deux billes noires.

— Vous n'êtes pas très sympa, lui dit Hélène.

— C'est ce que disent toutes les idiotes qui fréquentent ma sœur.

Sandy surgit des toilettes à ce moment-là. Elle leva les yeux au ciel en apercevant son frère.

— Frank, nom de Dieu ! Qu'est-ce que tu viens faire ici ?

Elle se planta devant lui. Frank avait au moins trois têtes de plus qu'elle.

— Je viens te chercher.

— Pour aller où ?

— Ta fille s'inquiète.

Sandy secoua vigoureusement la tête.

— Tu penses vraiment que je vais te suivre ?

— Oui, répondit Frank du tac au tac.

Hélène admirait le cran du garçon. Il tenait tête à sa sœur sans broncher. Tout le monde savait qu'il valait mieux ne pas provoquer « l'implacable

Sandy». Elle avait tendance à s'emporter facilement, surtout après quelques verres, et une tigresse qui s'emporte, ça n'est jamais beau à voir.

— Je n'abandonne pas ma copine !

— Ça, c'est vrai, rétorqua Frank. Tu n'abandonnes jamais tes copines ! Mais tu n'as aucune honte à abandonner ta fille !

— Tu fais chier, Frank !

— Toi aussi, tu fais chier ! Tu penses que je n'ai que ça à faire, te courir après ? J'ai une vie, moi aussi !

— T'as une vie, toi ? ! Laisse-moi rire ! se moqua Sandy. Si c'était le cas, tu ne me suivrais pas partout comme un petit chien de poche ! Va t'occuper de ta femme et de tes deux idiots de gamins !

— Ils ont beaucoup plus de cervelle que toi, mes «idiots de gamins», comme tu dis !

Le visage de Sandy s'empourpra.

— Si on prenait un verre ? suggéra Hélène pour détendre l'atmosphère.

Elle aurait pourtant dû prévoir que cela aurait tout l'effet contraire.

18

*Razan et Kalev quittent ensemble
le château d'Orfraie.*

Ils sont bientôt rejoints par Ael, Thorker et Thorville, puis par les deux alters renégats.

— Je suis la gardienne d'Adelring, déclare Ael en parvenant à la hauteur de Razan.

Ce dernier consulte Kalev du regard. Le prince confirme d'un signe de tête.

— Redonne-lui l'épée.

Razan obéit à contrecœur et remet Adelring à Ael, qui s'empresse de ranger l'épée magique dans son fourreau.

Kalev entraîne Razan vers la forêt et s'apprête à lui indiquer l'endroit où s'est posé le *Nocturnus*, lorsqu'un bruit d'hélicoptère résonne au-dessus de leur tête. L'engin a surgi de nulle part et file à une vitesse impressionnante. Il y a plus d'un hélicoptère, en fait ; Razan en dénombre trois, puis un quatrième appareil, volant à basse altitude, contourne le château et vient se poser devant eux, à moins d'une centaine de mètres de distance.

— Ils sont avec vous ? demande Razan sans pouvoir détacher ses yeux de l'hélicoptère.

Ael fait non de la tête.

— Je m'en doutais bien, rétorque-t-il.

— Ce sont des alters, les prévient Thorker.

Une retraite vers le château est impossible ; l'engin leur bloque le passage.

— Fuyons vers la forêt ! propose alors Kalev, qui ne voit plus que cette solution.

— Non ! s'écrie Razan à la surprise de tous.

— Mais tu es fou ! fait Ael en lui agrippant le bras. Allez, viens, je ne te laisserai pas…

— Arielle est avec eux, la coupe brusquement Razan, le regard toujours fixé sur l'hélicoptère.

— Quoi ?

— Elle est là, à l'intérieur de cet appareil, et nous observe.

— Mais comment peux-tu savoir ça ? l'interroge Kalev avec impatience.

— Je le sais, c'est tout, répond Razan.

— C'est de la folie !

— Je sens sa présence.

Puis, se tournant vers Kalev, Razan demande, en prenant un air exagérément étonné :

— Tu ne la sens pas, toi ?

Le prince ne répond pas, conscient que son rival souhaite le mettre au défi. S'il ne détecte pas la présence d'Arielle, cela signifie-t-il pour autant qu'ils ne sont pas faits l'un pour l'autre ? C'est ce que la question de Razan laisse sous-entendre.

Les autres hélicoptères se posent autour d'eux. Aucune fuite n'est possible. Il reste toujours l'option de la forêt, dont la lisière se trouve à l'ouest, mais lorsqu'une unité de super alters armés jusqu'aux dents en émerge, le groupe se trouve pratiquement encerclé.

— Génial…, peste le jeune Thorville.

Une porte s'ouvre sur le flanc de l'appareil qui s'est posé devant eux. Arihel saute de la cabine et s'écarte légèrement du véhicule pour laisser place à Mastermyr et Elizabeth. Une fois dehors, la jeune kobold et le grand elfe se joignent à Arihel, et tous les trois marchent d'un pas ferme en direction de Razan et de sa bande. Le trio s'immobilise à quelques mètres du groupe et en observe chacun des membres en silence.

— Alors, les kobolds font maintenant équipe avec les alters ? déclare Ael en toisant Elizabeth.

— Je ne fais équipe qu'avec Arihel et Mastermyr, répond la principale intéressée.

Il y a un autre silence, qui permet à Razan de s'avancer.

— Arielle…, souffle-t-il en adressant un regard tendre à la jeune femme.

Celle-ci y va d'un petit sourire, puis demande :

— Comment vas-tu… Razan ?

Arihel l'a appelé Razan, malgré le fait qu'il soit toujours prisonnier du corps de Karl Sigmund. *Elle m'a reconnu, même sous cette apparence*, se réjouit-il. *Elle se souvient donc de notre dernière aventure. Ainsi, peut-être que tout n'est pas perdu…*

— Arielle, c'est bien toi ?

125

Le sourire de la jeune femme disparaît, en même temps qu'une lueur malicieuse traverse son regard.

— Non, dit-elle avec une voix traînante qui n'est pas la sienne.

Les espoirs de Razan s'effondrent.

— Comment nous avez-vous trouvés ? demande Ael, prenant le relais.

— Tu nous prends pour des idiots ? Le château d'Orfraie est le seul endroit où Razan et Hati pouvaient se réfugier. Mais où se trouve-t-elle, d'ailleurs ? dit Arihel en faisant mine de chercher la jeune alter. Je ne la vois nulle part.

— Hati s'est enfuie, explique Razan. Avec Brutal et Jason.

Arihel acquiesce d'un air entendu. Elle comprend qu'ils ne se sont pas réellement enfuis, comme le prétend Razan, mais qu'il les a plutôt chassés.

— Tu as bien fait de les éloigner d'ici. C'est tout à ton honneur d'avoir voulu les protéger. À l'heure qu'il est, ils se dirigent tous les trois vers le *Nocturnus*. Je crains, cependant, qu'une mauvaise surprise ne les y attende à leur arrivée.

— Arielle, proteste immédiatement Razan, ce sont tes amis à toi aussi.

— Hati, mon amie ? Tu ne peux pas être sérieux, Razan chéri !

— Et que fais-tu de Jason et Brutal ?

Arihel baisse la tête et pousse un soupir en signe d'exaspération.

— Je n'éprouve plus le moindre attachement envers ces gens, dit-elle ensuite. Je n'en ressens plus le besoin, tu comprends ? Je suis… libérée.

— Ne dis pas ça…, la supplie-t-il.

Arihel s'approche de lui pour lui caresser la joue.

— Mon pauvre Razan, lui dit-elle. Ne me dis pas que ton cœur si dur s'est enfin attendri ? Que c'est touchant… Mais je me dois d'être honnête avec toi, en souvenir du bon vieux temps : je préfère, et de loin, ton ancienne version, celle qui démontrait davantage de haine que d'amour. Le Razan en colère était beaucoup plus séduisant que le Razan amoureux. Maintenant, tout ce que j'éprouve pour toi, c'est de la pitié. Plus rien ne te différencie de ces pauvres humains !

Razan saisit brusquement les poignets de la jeune femme et l'attire à lui. Il lui colle un baiser sur la bouche, tout en la maintenant de toutes ses forces pour éviter qu'elle lui échappe. Mais Arihel est beaucoup plus forte que lui. D'un geste vif, elle plaque ses mains contre la poitrine de Razan et le pousse violemment. Le garçon est projeté à plusieurs mètres de distance. Le corps de Sigmund est beaucoup moins résistant que le sien, et cet atterrissage brutal lui tire un cri de douleur.

— Emmenez-le ! ordonne Arihel aux super alters qui se trouvent toujours en bordure du bois.

Ceux-ci s'exécutent sur-le-champ et forcent Razan à se relever. Un soldat emprisonne ses poignets dans une paire de menottes et l'entraîne en direction de l'un des hélicoptères. Razan a beau se débattre, il ne peut rivaliser avec la puissance de l'alter.

— Arielle, écoute-moi…

— Ton charme n'opère plus, Razan, affirme Arihel en le regardant s'éloigner. Fais preuve de docilité, et tout ira bien !

La jeune femme se tourne ensuite vers les autres membres du groupe.

— Celui-là aussi, je le veux ! s'écrie-t-elle en pointant Kalev du doigt.

Rapidement, un couple de super alters s'empare de Kalev et lui passe les menottes, tout comme à Razan.

— Tu ne peux pas gagner, Arielle ! lui crie Kalev alors que les alters le poussent vers le même hélicoptère que Razan. Unissons-nous, tous les deux ! ajoute-t-il en jetant des regards implorants à Arihel par-dessus son épaule. Chassons Loki de ce monde afin de mieux y régner ensemble ! J'ai une armée ! Une armée qui pourra nous aider à vaincre les alters !

À ces mots, Arihel éclate de rire.

— Une armée ? répète-t-elle. Mais quelle armée ? Tu parles de ces pauvres fulgurs que tu as réunis à l'abbaye Magnus Tonitrus ? Ils sont morts, Kalev, tous autant qu'ils sont ! Nous n'avons pas bombardé que votre repaire de Manhattan, mais aussi celui du Mont-Saint-Michel ! Les chevaliers fulgurs ont été éradiqués !

Le commandant Thorker fait un pas vers Arihel, mais il est aussitôt arrêté par Mastermyr, qui s'interpose rapidement entre sa sœur et le fulgur.

— Vous ne pouviez pas savoir ! tonne le commandant. C'était une opération secrète et…

— Secrète ? l'interrompt Arihel. Voyons, mon cher, rien ne demeure secret bien longtemps. N'est-ce pas, Nathan ?

Le jeune Thorville baisse les yeux pour fuir les regards. Sur le coup, Thorker ne comprend pas pourquoi Arihel prend ainsi le jeune fulgur à témoin. Le commandant observe son subalterne pendant un moment, jusqu'à ce qu'il réalise que ce dernier est vraisemblablement rongé par le remords.

— C'est toi ? demande Thorker. C'est toi qui leur as dit ?

— Je n'ai pas eu le choix.

— Sale traître !

Ael ne peut y croire.

— Tu nous espionnais pour le compte de l'ennemi ?

— Ils… Ils détiennent ma femme et ma fille, tente d'expliquer Thorville pour justifier son geste.

— Je vais te tuer ! menace l'un des deux alters renégats.

— C'est faux, affirme calmement Arihel.

Thorville relève les yeux vers la jeune femme.

— Quoi, qu'est-ce qui est faux ?

— Nous les détenions, oui, concède Arihel, mais ce n'est plus le cas maintenant. Elles sont mortes. Nous les avons tuées toutes les deux. Récemment, elles ont tenté de fuir avec un groupe d'esclaves. Nous n'avons pas eu le choix. J'imagine qu'on a oublié de te prévenir, ajoute-t-elle sur un ton narquois.

Thorville secoue machinalement la tête, incapable d'admettre que ce soit la vérité.

— Mais… Attendez, non, ce n'est pas possible…, dit-il, tandis que des larmes roulent sur ses joues. Vous m'aviez promis de… de…

— Je ne t'ai rien promis du tout, le coupe Arihel. C'est Sidero qui avait conclu cette entente avec toi. Malheureusement, il est mort, lui aussi.

Le mépris et la haine remplacent soudain la tristesse dans le regard de Thorville.

— Espèce de…

— *Nasci Magni!* fait aussitôt Mastermyr, qui a deviné les intentions du jeune homme.

Le fulgur s'apprête à bondir sur Arihel, mais il est arrêté par l'épée de glace du grand elfe, qui se plante dans sa poitrine. La lame transperce son corps à la hauteur du cœur, le tuant sur le coup. Une fois la lame retirée, le cadavre de Thorville retombe mollement aux pieds de Mastermyr, qui ne semble pas en faire grand cas.

— C'était à prévoir, dit Arihel sur un ton léger.

La jeune femme jette ensuite un coup d'œil en direction de l'hélicoptère vers lequel on a conduit Kalev et Razan. La porte de la cabine est fermée et semble verrouillée.

— Il est enfin temps de partir! annonce-t-elle joyeusement. Mais avant, j'ai bien peur de devoir vous priver de cette arme magnifique, ajoute Arihel en désignant l'épée Adelring, qui pend toujours à la taille de la jeune Walkyrie. Dis, Ael, tu me l'offres en cadeau d'adieu?

— Jamais! répond celle-ci. Pour ça, il faudra me tuer.

Arihel sourit.

— D'accord, si tu insistes.

Après avoir observé une dernière fois Ael, Thorker ainsi que les deux alters renégats, Arihel se tourne vers Mastermyr et lui ordonne froidement :

— Tue-les. Et apporte-moi Adelring.

19

— Reste en dehors de ça, l'alcoolo ! rétorqua aussitôt Frank.

— Fais attention à la manière dont tu t'adresses à mes amis, intervint Sandy.

Son frère émit un petit rire empreint de sarcasme.

— Tu n'as aucun ami.

— Qu'est-ce que t'en sais ?

— Allez, on s'en va, ordonna Frank.

— Pas question.

Sandy se tourna vers Hélène :

— Un verre, tu as dit ? Quelle bonne idée ! J'ai aussi soif qu'un carré de sable. Deux autres coupes de vin ! lança-t-elle à l'intention du barman.

Frank s'interposa entre le bar et Sandy, tout en enjoignant le barman de ne rien lui servir.

— Ça suffit maintenant !

— Tu as bien raison! rétorqua Sandy. Allez, pousse-toi de là!

D'un seul coup, Frank envoya valser sa sœur contre le bar. Elle eut le temps d'amortir le choc avec ses avant-bras. Hélène devait intervenir avant que la situation ne dégénère.

— Frank! s'écria-t-elle en bondissant de sa chaise.

— Affaires de famille, répondit Frank sans la regarder.

Il gardait les yeux fixés sur sa sœur. Cette dernière tenait un de ses avant-bras. La douleur se lisait sur son visage.

— Tu as réussi à me briser quelque chose, dit-elle.

— Tu es allée trop loin. Je t'avais prévenue.

— Je la conduis à l'hôpital, dit Hélène en s'approchant de son amie.

Mais Frank l'arrêta.

— Affaires de famille, j'ai dit!

— Elle est blessée!

— Elle fait ça pour attirer l'attention. Elle a toujours été comme ça.

— Laissez-moi l'aider, supplia Hélène. Elle doit voir un médecin.

Frank s'esclaffa:

— C'est d'un psy qu'elle a besoin.

— Je suis sérieuse, Frank.

Le sourire du jeune homme disparut.

— Moi aussi.

Il saisit Hélène par son chemisier et la força à reculer vers sa chaise. Cette dernière sentit la colère monter en elle.

— Lâchez-moi, Frank !

Il fit la sourde oreille tout en continuant à la pousser vers l'arrière.

— Tu ne sais pas ce dont je suis capable, le prévint-elle.

À dire vrai, elle ne le savait pas elle-même. Tout ce dont elle était certaine, c'est qu'elle détenait un pouvoir. D'où lui venait-il ? Quelles étaient ses véritables limites ? Hélène n'en avait aucune idée. Il lui permettait quelquefois de voir l'avenir, et d'autres fois, comme dans ce cas-ci, de résoudre des situations problématiques de manière, disons, peu orthodoxe.

— On dirait qu'elle va se fâcher, la petite Hélène ! railla Frank.

Le corps de la jeune femme se raidit tout entier. Ses muscles se bandèrent et ses jambes s'ancrèrent solidement au sol ; on aurait dit deux piliers. Frank se heurta à la masse compacte qu'était devenu son corps et recula, à la fois surpris et dérouté, exactement comme s'il était entré en collision avec un mur.

Il observa Hélène pendant un moment, perplexe, puis fonça une nouvelle fois sur elle, épaule la première. La femme ne broncha pas. L'impact fit de nouveau reculer Frank.

— Mais qu'est-ce…

L'incompréhension se lisait sur son visage.

— Arrête, tu vas finir par te faire mal, lui dit Hélène, satisfaite de sa réplique.

Frank n'apprécia pas du tout.

— Tu te prends pour qui ? grogna-t-il, son visage enragé à dix centimètres du sien.

Il s'élança et voulut envoyer une droite à la mâchoire d'Hélène, mais celle-ci fut plus rapide que lui ; en un mouvement vif, elle emprisonna son poing dans sa main, tout en résistant à la tentation de serrer, ne voulant pas lui broyer les os… pas tout de suite, en tout cas. Elle attendit quelques secondes avant de le libérer. Cela fait, Frank voulut la frapper de nouveau, mais Hélène opta pour la même stratégie et brisa son élan. Cette fois, elle écrasa les doigts du garçon dans sa paume, pour bien lui faire comprendre que, s'il recommençait son manège, elle ne serait pas aussi indulgente.

— Arrête, supplia Frank, tu vas me péter les phalanges !

Hélène le lâcha. Il recula en se tenant la main.

— Comment arrives-tu à faire ça ? lui demanda-t-il d'un air hébété. Je n'ai jamais senti une force pareille chez une femme. Tu prends des stéroïdes ou quoi ?

Sandy intervint :

— Tu as simplement trouvé plus brutal que toi. Allez, Hélène, on rentre.

— Attends, dit cette dernière, ton bras…

— Il va très bien, mon bras.

— Laisse-moi l'examiner.

— Ce n'est pas le moment.

— Je veux juste le toucher…

— Laisse ma sœur tranquille, ordonna Frank d'une voix moins forte.

Il semblait s'être calmé après sa confrontation avec Hélène. Son agressivité avait diminué d'un cran. Il savait qu'il ne pouvait avoir le dessus sur elle, alors il essayait de l'intimider verbalement.

— Tu joues les grands frères protecteurs maintenant ? se moqua Sandy. Ça ne te va pas très bien.

Elle s'éloigna vers la sortie. Hélène la suivit.

— Laissez-la toucher votre bras, dit soudain une voix provenant du fond du bar.

Tout le monde se retourna. La femme qui avait parlé était installée à une table dans le coin le plus sombre de l'établissement, un homme était assis à ses côtés.

— Elle ne vous fera aucun mal, au contraire, ajouta la femme.

Hélène reconnut l'homme : c'était Bishop, le notaire. Ces lunettes à large monture noire et cette chevelure indisciplinée ne pouvaient appartenir qu'à lui. Bishop et la femme quittèrent leur table et se dirigèrent vers les deux amies.

20

Hati, Jason et Brutal contournent
la clairière par le nord,
afin d'échapper à la vigilance
des hommes qui se trouvent
toujours à bord du Nocturnus.

Dès qu'ils ont atteint la lisière ouest, ils abandonnent la forêt et rampent en direction de l'appareil. Ils ne se remettent sur leurs jambes qu'au moment où ils ont trouvé refuge sous le *Nocturnus*.

— Tu es certaine qu'il y a quelqu'un à bord ? demande Brutal à la jeune alter, alors que tous les trois progressent, accroupis, vers l'avant de l'appareil.

— Kalev ne laisserait pas cet engin sans surveillance, tu peux me croire, répond Hati.

— Combien sont-ils à ton avis ?

Cette fois, c'est Jason qui a parlé.

— Pas plus de deux ou trois, suppose la jeune alter. Des fulgurs, sans doute. Peut-être des renégats.

— On peut les prendre par surprise ?

Hati approuve d'un signe de tête :

— C'est notre seule option, en réalité. Le *Nocturnus* est équipé d'un armement lourd. Il faudra agir vite et investir le poste de pilotage avant que les gars, là-haut, n'aient le temps de déployer tout leur arsenal.

— Du gâteau, quoi ! fait Brutal.

— Ne les sous-estime pas, le prévient Hati. Ils sont bien entraînés.

— Bien entraînés ? répète l'animalter, qui ne paraît pas le moindrement impressionné. Et moi, je fais quoi depuis toutes ces années ? Du jardinage ? Je me tue à l'entraînement, ma belle, tellement que je finirai par y laisser ma peau ! Comme nous tous, d'ailleurs. Les aventures d'Arielle Queen…, ronchonne-t-il pour lui-même. Je commence à en avoir ras le pompon !

Lorsqu'ils se trouvent enfin sous le nez de l'appareil, Hati leur indique la passerelle.

— Si elle est descendue, ça signifie que la porte de la cabine est ouverte et que nous pouvons y avoir accès.

— Mais ils vont nous tomber dessus s'ils s'aperçoivent que nous grimpons la passerelle, proteste Jason.

— On ne va pas l'utiliser, explique Hati. Brutal, tu peux toujours voler ? demande-t-elle ensuite à l'animalter.

— Évidemment, répond celui-ci.

— Très bien, alors tu me suis.

— Et moi ? fait Jason.

— Une fois que nous serons à l'intérieur de la cabine, tu empruntes la passerelle et tu viens nous rejoindre.

Hati et Brutal quittent leur position et s'éloignent du *Nocturnus*. Ils sont à découvert à présent, mais pas pour très longtemps. Hati fléchit les genoux, puis s'élance dans les airs, aussitôt imitée par Brutal. Ils s'élèvent ensemble au-dessus de l'appareil, comme s'ils avaient effectué un bond gigantesque, et retombent sur la partie supérieure de la passerelle, juste devant l'entrée de la cabine. Attirés par le bruit, les deux alters renégats abandonnent le poste de pilotage et se ruent sur la porte, armes au poing. Ils tombent face à face avec les deux intrus et réalisent que l'un d'eux est Hati, la chef des maquisards du Clair-obscur. Les renégats se figent, mais pointent tout de même leurs armes en direction de Brutal et de la jeune alter.

— Hati, mais qu'est-ce que tu fais ici ? demande l'un des renégats. Et où est Kalev ?

— Il a été retardé, répond Hati.

Les renégats ne sont pas dupes ; ils soupçonnent que quelque chose ne va pas. Ce sentiment est décuplé lorsqu'ils entendent une troisième personne s'engager sur la passerelle. Le nouvel arrivant n'est autre que Jason Thorn, le jeune fulgur qui est demeuré fidèle à Arielle Queen. Les autres chevaliers l'accusent d'avoir trahi son ordre en refusant de se joindre à Kalev. Il surgit dans la cabine, armé de ses deux mjölnirs.

— Ne bougez pas ! leur intime le plus grand des renégats. Restez où vous êtes, tous !

La jeune alter lève doucement la main en espérant les apaiser.

— Pas de panique, les gars. C'est moi, Hati.

— Je vois bien que c'est toi, répond le grand. Mais celui que je ne vois pas, c'est Kalev !

— Je te l'ai dit, il a pris un peu de retard, tente de le rassurer Hati. Mais il est en route, et il ramène les autres prisonniers.

— Et que fait-il, l'autre, avec ses mjölnirs ? demande le plus petit renégat. Si c'est ton prisonnier, pourquoi ne l'as-tu pas désarmé ?

Hati ne trouve rien à répondre. Au même moment, un bruit étrange leur provient de l'extérieur. Un bruit qui ressemble à celui des pales rotatives d'un hélicoptère. Jason et Hati jettent un coup d'œil à l'extérieur et constatent qu'il s'agit bien d'un hélicoptère. Il s'est positionné au-dessus de la clairière, en vol stationnaire. C'est un gros engin militaire, du genre qui sert au transport de troupes. Hati note que les deux portes de la cabine sont ouvertes et qu'une demi-douzaine de câbles pendent de l'appareil. Des hommes en uniforme s'en servent pour glisser jusqu'au sol après s'être élancés de la cabine. Des super alters, vêtus et armés comme des commandos. Six descendent le long des câbles, puis encore six autres. Une fois regroupés au centre de la clairière, les douze hommes dégainent leurs armes et se dirigent au pas de course vers le *Nocturnus*, alors qu'au-dessus d'eux, l'hélicoptère reprend de l'altitude et disparaît vers l'est.

— Sortez la mitrailleuse ! s'écrie Hati.

Le grand renégat se précipite dans le poste de pilotage et s'installe aux commandes de la mitrailleuse extérieure, mais il constate sur son écran de visée qu'il est déjà trop tard : les super alters sont hors d'atteinte. Ils se sont envolés par groupes de quatre en direction de la porte du *Nocturnus*, toujours ouverte. Hati s'empresse d'activer le mécanisme de fermeture, en vain. La porte ne se referme pas assez rapidement, ce qui permet à quelques alters de se masser dans la brèche et d'interrompre la fermeture de la porte. Une seconde plus tard, l'un d'entre eux parvient à se glisser dans la cabine et à inverser le mécanisme, ce qui libère de nouveau l'ouverture. Pendant que les alters prennent possession des lieux, Hati, Jason, Brutal et le petit renégat ne perdent pas de temps et s'empressent de trouver refuge à l'autre extrémité de la cabine. Bientôt, huit des douze commandos alters se retrouvent avec eux dans l'appareil. Les quatre autres soldats sont demeurés sur la passerelle pour monter la garde.

— Nous avons reçu ordre de vous tuer ! annonce celui qui semble être le commandant de l'unité.

— Comme c'est gentil de nous prévenir…, fait Brutal.

Le chef des alters lève son pistolet-mitrailleur et le pointe en direction de Hati et de ses compagnons. Il est rapidement imité par ses hommes.

— On croirait faire face à un peloton d'exécution, observe Jason, qui tient toujours bien solidement ses deux marteaux.

— Qui vous a donné cet ordre ? demande Hati.

— Lady Arihel, répond le commandant sur un ton ferme et résolu.

Les super alters se préparent à faire feu. Tout, dans leur regard et leur posture, indique qu'ils s'acquitteront de leur tâche sans la moindre hésitation. Consciente que leur dernière heure approche, Hati se tourne brièvement vers ses compagnons. Comme elle, ils semblent tous résignés à mourir, à part peut-être Jason qui réprime une forte envie de lancer ses mjölnirs en direction des commandos pour tenter une ultime attaque.

— C'est notre seule chance, murmure-t-il à l'oreille de Hati.

— Non, répond-elle en examinant l'intérieur de la cabine, sans trop savoir ce qu'elle cherche exactement. Il y a… autre chose.

— Autre chose ? fait Brutal, incrédule.

L'animalter scrute les mêmes endroits et recoins que Hati, pour tenter de comprendre ce qu'elle veut insinuer.

— Une présence…, explique-t-elle, comme si elle avait perçu les interrogations de Brutal.

— À mon commandement ! s'exclame alors le chef des alters.

Les autres membres de l'unité sont déjà prêts à faire feu, et certains démontrent même des signes d'impatience. Tout ce qu'ils attendent, c'est l'ordre de leur commandant. Ils ont le doigt sur la détente, prêts à tirer, lorsque le grand renégat émerge du poste de pilotage. Surpris, les super alters se tournent dans sa direction et ouvrent le feu. Le pauvre renégat n'a aucune chance contre la pluie de projectiles qui s'abat sur lui. Les nombreux impacts le projettent vers l'arrière. Il tombe dans le poste de pilotage, le corps criblé de balles.

Ce court instant de distraction permet à Jason de lancer ses marteaux en direction des super alters. Le premier frappe le commandant de l'unité en plein sur la nuque, tandis que le deuxième atteint violemment un soldat au sternum, lui faisant exploser la cage thoracique. Mais cette initiative du jeune fulgur ne sera pas suffisante pour neutraliser tous les membres de l'unité. La demi-douzaine de super alters encore indemnes dirigent maintenant leurs armes vers Hati et son groupe. Il n'y a qu'un miracle, à présent, qui pourra leur sauver la vie. Et contre toute attente, le miracle se produit : deux silhouettes se matérialisent de part et d'autre des soldats. Armées d'épées fantômes, elles bondissent sur les super alters et les éliminent l'un après l'autre, avec une adresse et une rapidité hors du commun. Les six alters s'effondrent au sol, sans vie.

L'une des deux silhouettes s'élance ensuite vers la passerelle pour s'occuper des quatre alters restants, ceux qui montaient la garde à l'extérieur, pendant que l'autre transperce de son épée le corps du commandant, pour s'assurer de sa mort. Lorsqu'elles ont terminé leur besogne, les deux créatures se rejoignent au centre de la cabine et fixent en silence le petit groupe de personnes que leur intervention inopinée a permis de sauver.

— Des animalters…, souffle Hati en les observant plus attentivement.

Tous deux sont grands et robustes, et portent un long manteau en cuir noir. Une épaisse fourrure brune recouvre entièrement leurs mains et leur visage. On pourrait facilement les prendre pour des chiens, mais ce serait une méprise. En vérité, ce sont des loups.

— Content de nous revoir, minet? demande l'un d'eux à l'intention de Brutal.

Ce dernier ne semble pas comprendre. Il jette des regards intrigués à ses compagnons, avant de retourner aux animalters.

— On se connaît?

— Allons, Brutal, fais un effort, dit le second loup. Notre apparence est quelque peu différente, mais c'est toujours nous.

Brutal reconnaît ces voix. Non, c'est impossible…, se dit-il.

— Les… caniches?

21

Bishop voulut aborder Sandy, mais Frank s'empressa de faire barrage entre eux deux. Il n'avait pas réussi à avoir le dessus sur Hélène, alors il comptait bien se reprendre avec cet étranger. Mais c'était sous-estimer le notaire. Celui-ci répondit à l'agression en exhibant un rutilant pistolet semi-automatique de calibre 9 mm qu'il planta prestement et sans délicatesse sous le menton de Frank. Ce dernier se raidit et leva aussitôt les bras pour signifier qu'il ne résisterait pas. De toute évidence, il avait une bonne idée du genre de dommages que pouvait faire une telle arme. Il recula et le laissa passer.

— Mais qu'est-ce que vous faites ? demanda Hélène.

— Ne vous inquiétez pas, répondit Bishop. J'ai la situation en main.

147

— C'est une arme que vous avez en main, rétorqua-t-elle. Rangez ce pistolet!

Bishop ne cessait de fixer Frank. Il l'évalua encore pendant quelques secondes avant d'éloigner enfin le 9 mm de sa gorge.

— Toi, tu restes bien tranquille, dit le notaire à Frank tout en faisant disparaître le 9 mm d'un geste agile dans son veston.

Frank n'émit pas la moindre protestation. L'arme l'avait rendu aussi docile qu'un chien de cirque. Nul doute qu'il avait déjà été confronté à pareille situation. Bishop prit un air plus détendu et s'adressa à Sandy:

— Laissez Hélène toucher votre bras, lui dit-il.

— Pourquoi je ferais ça?

— Elle va vous guérir.

Sandy pouffa de rire.

— C'est pas vrai! dit-elle en levant les yeux au ciel. Dans quel bar de cinglés suis-je tombée?!

— Faites-moi confiance, insista le notaire.

— Après ce que vous venez de faire?

— Regardez votre amie dans les yeux, intervint la femme qui accompagnait Bishop. Vous y verrez la vérité.

Sandy hésita pendant quelques secondes, puis se tourna vers Hélène. Leurs regards se croisèrent et se soudèrent l'un à l'autre. Au bout d'un moment, Sandy finit par céder et tendit son bras blessé vers son amie. Du regard, Bishop invita Hélène à procéder. Soudainement, celle-ci n'avait plus envie d'aller vers Sandy, de la toucher et de la «guérir», comme avait Bishop. Ce qui la retenait, c'était en fait la peur d'échouer ; que se produirait-il si son intervention se révélait inutile ? Si ça ne fonctionnait tout simplement pas ?

— Ne craignez rien, dit la mystérieuse femme sur un ton qui se voulait rassurant. Tout se passera bien.

Hélène hocha la tête sans grande conviction, et décida finalement de s'exécuter. Sa main se posa doucement sur l'avant-bras de Sandy. Elle perçut un léger mouvement de recul chez son amie lors du contact.

— Bon, c'est fait, dit Sandy. Vous êtes contents ?

Elle s'adressa ensuite à Hélène :

— Partons maintenant.

— Vous avez toujours mal ? demanda Bishop.

— Bien sûr que…

Sandy s'arrêta et examina son bras. Elle le tâta à plusieurs endroits.

— La douleur est disparue, n'est-ce pas ? fit le notaire.

La jeune femme haussa les épaules tout en continuant à se masser le bras.

— Je…

Elle releva la tête et fixa Hélène.

— C'est vrai, je n'ai plus mal.

Hélène resta de glace.

— Coïncidence, dit-elle.

— Vous savez très bien que c'est beaucoup plus que cela, affirma Bishop. Sandy, vous avez été touchée par la Messagère. Cela vous a changée à jamais.

— On s'en va, dit Hélène sans cesser de regarder Sandy.

Sandy obéit sans protester. Toutes les deux se dirigèrent vers la sortie du bar et allaient franchir la porte lorsque la femme inconnue les interpella :

— Hélène Utterson !

La principale intéressée se retourna et jeta un regard sévère en direction de la femme et de Bishop.

— Hélène…, déclara la femme sur un ton solennel, c'est grâce à vous si Arielle Queen, à la toute fin, saura ce qu'il lui faut accomplir pour remporter la victoire.

Le regard d'Hélène se fit soudain moins dur. Le doute tenaillait son esprit. Mais qu'est-ce qu'elle racontait ? Et qui était cette Arielle Queen ?

— Hélène, j'aimerais vous revoir, dit Bishop. Il faut que nous parlions.

Hélène ne répondit pas, secouant tout simplement la tête. Sandy l'entraîna en direction de la porte, et les deux amies sortirent du bar.

22

*Arihel et ses super alters regagnent
leurs appareils respectifs,
abandonnant Ael et ses compagnons
aux mains d'Elizabeth
et de Mastermyr.*

Tous les hélicoptères décollent, puis évacuent la zone. Tous sauf un. Sans doute est-ce à bord de ce dernier qu'Elizabeth et Mastermyr embarqueront une fois qu'ils auront exécuté les ordres d'Arihel. Voyant que le grand elfe a l'intention de suivre à la lettre les instructions de sa maîtresse, le commandant Thorker juge préférable de prendre les devants. D'un mouvement vif, il dégaine ses marteaux mjölnirs et les brandit en direction de Mastermyr.

— Ne faites pas ça, lui conseille aussitôt Ael. Vous n'êtes pas de taille à lutter contre lui. Croyez-moi, je sais de quoi je parle.

— Je n'ai pas l'intention de mourir sans combattre, lui répond Thorker.

— C'est pourtant ce qui risque de vous arriver, que vous le vouliez ou non.

Mastermyr est déjà tout près d'eux, et leur échange ne semble pas le distraire. Il avance d'un pas lent mais décidé, à la manière d'un robot. Son épée de glace levée bien haut, il se prépare à l'abattre sur le premier fou qui osera s'opposer à lui. Quant à Elizabeth, elle demeure en retrait, quelques mètres derrière Mastermyr, et suit la progression de son compagnon avec aux lèvres un petit sourire qui est clair de signification : « Votre n'avez aucune chance. »

— Attaquons-le tous ensemble ! propose l'un des renégats en se plaçant aux côtés de Thorker.

Le second renégat est du même avis que son confrère et se joint rapidement aux deux autres. Armes bien en main, le trio fait maintenant face à Mastermyr, qui n'a plus que quelques pas à faire pour se mesurer à ses opposants. Thorker se tourne vers Ael, la suppliant du regard.

— Conjuguons nos efforts, Walkyrie ! C'est la seule façon de sauver nos vies !

Ael doit s'y résoudre, c'est la seule stratégie envisageable pour le moment. Elle s'apprête à invoquer sa lance de glace et à se rallier à ses compagnons lorsque Mastermyr augmente soudain la cadence et se précipite sur ses adversaires. Le grand elfe parvient à éviter le premier marteau de Thorker, puis réduit le second en poussière d'un seul coup d'épée. De sa main libre, il attrape l'un des renégats par le cou et lui broie la nuque. Il se sert ensuite de son épée pour transpercer le corps de Thorker, qui n'est pas assez rapide pour esquiver l'attaque. Le deuxième renégat bondit alors sur Mastermyr, la rage au cœur, mais celui-ci le frappe si fort au visage que tous les os de son faciès se brisent, au point qu'il en est complètement défiguré. Il rejoint les deux autres cadavres sur le sol. Le grand elfe s'empare du deuxième mjölnir au moment où ce dernier revient vers lui et le pulvérise d'un coup, simplement en refermant sa main sur la masse métallique.

— À nous deux, maintenant, fait-il en posant son regard inexpressif sur Ael.

La jeune Walkyrie pourrait tenter de fuir, bien entendu, mais ce n'est pas ce qu'elle désire. Le triste spectacle auquel elle vient d'assister l'a mise dans une terrible colère. La toute-puissance de cette créature, de cette machine, représente à elle seule le suprême défi qu'il lui faut surmonter. Mastermyr doit être mis à l'épreuve, une bonne fois pour toutes. *Pas question qu'il demeure invaincu*, se jure Ael. *Il n'est pas immortel, et si je dois moi-même y laisser ma peau pour le prouver, eh bien, soit!*

— Allez, approche! le somme-t-elle, plus décidée que jamais à en finir.

— Tu es prête à mourir, Ael? lui demande Elizabeth, qui se tient toujours derrière Mastermyr.

— J'ai l'intention de me battre, répond la Walkyrie. J'affronterai mon ennemi avec honneur, sans me cacher derrière une armure de fer!

Encore une fois, Ael est sur le point de faire appel à sa lance de glace lorsqu'elle se ravise. Elle porte plutôt la main à sa taille, empoigne solidement Adelring et tire l'épée magique de son fourreau. La réaction de Mastermyr est instantanée : il fait un pas vers l'arrière, comme si la magnificence de cette arme l'avait déstabilisé. Ce n'est pas la surprise qui l'a fait reculer, songe Ael. C'est la peur !

— Adelring peut transpercer ton armure, n'est-ce pas ? se moque Ael tout en exhibant l'épée de façon outrancière. Par Odin, c'est bien la première fois que je te vois craindre pour ta vie ! Ça fait quel effet, Mastermyr ?

Le sourire narquois sur le visage d'Elizabeth a disparu. Elle-même semble s'étonner du comportement de l'Elfe de fer.

— Reprends-toi ! lui ordonne-t-elle. Tu ne vas tout de même pas laisser cette petite garce t'insulter de cette manière !

Mais il demeure immobile. Ses yeux rouges, visibles par la fente de son casque, sont toujours posés sur Ael. Ne trahissant d'ordinaire aucune émotion, ils brillent à présent de colère. Il n'y a plus le moindre doute dans l'esprit de la jeune femme : le grand elfe fait face à sa propre faiblesse, peut-être pour la première fois, et c'est un sentiment qu'il méprise. Son hésitation à engager le combat constitue une victoire non négligeable pour Ael, qui se sent encore plus encline à le provoquer.

— Arihel ne soupçonnait certainement pas qu'Adelring aurait cet effet sur toi, déclare la jeune Walkyrie, sinon elle ne t'aurait jamais laissé seul ici, sans défense !

Cette remarque semble irriter l'amour-propre de Mastermyr. Après avoir jeté un regard en direction d'Elizabeth, il raffermit sa poigne sur l'épée de glace et fait un pas en direction d'Ael.

— Viens, qu'on en finisse ! lui lance cette dernière tandis que le grand elfe se rapproche.

Ils se préparent tous les deux au combat lorsqu'un appareil survole soudain leur position. Ael le reconnaît, c'est le *Nocturnus*. Il file à une vitesse constante, mais beaucoup plus lentement qu'à son habitude. Elle suppose qu'il tentera une approche pour la récupérer. Son hypothèse se confirme lorsqu'elle constate que l'appareil diminue autant sa vitesse que son altitude.

— Mon train arrive ! s'écrie-t-elle de manière à se faire entendre malgré le bruit des réacteurs.

Mastermyr et Elizabeth, tous les deux immobiles, figés par la surprise, lèvent les yeux pour suivre la descente du *Nocturnus*. L'appareil, à présent, ne se trouve plus qu'à quelques mètres au-dessus d'eux. Sa passerelle se déploie en même temps que s'ouvre une trappe, sous son ventre, qui laisse entrevoir une mitrailleuse lourde. Une fois extraite de son compartiment, la mitrailleuse pivote de quarante-cinq degrés et se braque sur Mastermyr.

— On se reverra ! lance Ael en voyant que le *Nocturnus* est enfin à sa portée.

La Walkyrie rengaine Adelring en vitesse et fait un bond de plusieurs mètres, qui lui permet d'atteindre la passerelle. En retombant sur celle-ci, elle découvre que la porte donnant sur la cabine est ouverte. L'un des renégats qui avaient pour mission de surveiller l'appareil se tient au centre et lui fait signe d'avancer rapidement. Seulement quelques secondes suffisent à Ael pour traverser la passerelle et se réfugier dans l'habitacle du *Nocturnus*. Sitôt qu'elle se trouve à l'intérieur, la porte se referme derrière elle.

— Qui est aux commandes? demande-t-elle immédiatement.

— Hati, répond le renégat de petite taille.

— Hati?

Ael relève lentement les yeux. Dans la cabine, elle découvre la présence de Brutal et de deux autres animalters. Des loups.

— Salut, Ael! lui dit Brutal. Comme on se retrouve, hein?

Le regard de la Walkyrie s'attarde plutôt sur les deux loups.

— Geri et Freki, lui annonce Brutal, version améliorée! Pendant ton séjour chez les morts, tu es passée d'alter à Walkyrie. Eux sont passés de dobermans à loups préférés d'Odin. Je me demande sous quelle forme je me réincarnerais… En tigre du Bengale, j'aimerais bien! Rouarrrr!

— Pourquoi sont-ils ici? demande Ael avec méfiance.

— Holà! s'exclame Geri devant la réaction de la jeune femme. Je t'ai connue beaucoup plus amicale! Il n'y a rien à craindre, tu sais. C'est bien nous.

— Nous avons pour mission de protéger Hati, répond Freki. C'est son père, le vénérable Tyr, qui nous envoie.

— Ça m'embête de l'avouer, intervient Brutal, mais sans eux, les super alters d'Arihel nous auraient troué la peau, parole de félin.

Une autre personne fait alors son apparition dans la cabine des passagers: Jason Thorn.

156

Quelques instants auparavant, il se trouvait dans le poste de pilotage en compagnie de Hati.

— Bonjour, Jason, dit Ael en fixant son regard à celui du jeune fulgur.

Ce dernier ne réagit pas. Il toise la Walkyrie en silence, presque avec mépris, avant de s'adresser à Brutal et aux deux loups.

— Nous avons repris de l'altitude, les informe-t-il.

— Déjà? fait Brutal. Mais avant, vous avez pris soin de tirer quelques balles sur ce grand bêta de Mastermyr, pas vrai?

— Non. Il nous faisait face. À moins de l'atteindre dans le dos, où se situe la faiblesse de son armure, ça n'en vaut pas la peine. Mais nous avons bousillé son hélicoptère. Elizabeth et lui devront rentrer à pied.

— J'en crois pas mes oreilles! s'emporte Brutal. C'était l'occasion rêvée de dégommer cette pourriture et vous n'avez même pas essayé!

— Il fallait regagner les airs le plus rapidement possible, explique Jason. Mastermyr est un adversaire redoutable. Il est agile et rapide. Sa lame de glace aurait pu causer d'importants dommages au fuselage du *Nocturnus* et nous ne pouvions pas nous permettre de…

— Jason…, l'interrompt soudain Ael. Jason, regarde-moi!

Le fulgur a entendu, mais paraît hésiter. Après avoir pris une profonde inspiration, il se tourne enfin vers elle.

— Parle-moi, Jason, le supplie-t-elle. Dis-moi quelque chose.

— Très bien, répond le jeune fulgur sur un ton glacial. L'épée Adelring est-elle toujours entre les mains de ton maître, Kalev ?

Ael secoue la tête, incapable de cacher sa déception. Ce n'est pas le genre de discussion qu'elle souhaite avoir avec Jason. Pas maintenant, du moins. Elle aurait préféré entendre autre chose de la bouche du jeune homme. Une simple parole qui aurait pu lui laisser croire qu'il existait toujours un espoir pour eux.

— Non, c'est moi qui porte l'épée, lui révèle-t-elle.

— Eh bien, c'est toujours ça, dit Jason. Au fait, où sont Kalev et Razan ?

— Arihel a choisi de les emmener avec elle. À mon avis, ils se dirigent tous vers l'île de Man. Pour en avoir la confirmation, il nous suffit d'activer le système de repérage du *Nocturnus*. Kalev porte en tout temps sur lui un émetteur de localisation. Grâce à ce gadget, il nous sera facile de les retrouver.

— À quoi bon savoir où ils se trouvent ? demande Jason. Tu ne crois tout de même pas que nous prendrons d'assaut le royaume du Nordland juste pour secourir Kalev et Razan ? Se retrouver avec Arielle Queen, c'est ce qu'ils voulaient tous les deux, non ?

Bien que le fulgur semble vouloir mettre un terme à la conversation, Ael décide de la relancer. Tous les passagers du *Nocturnus* assistent à leur échange, elle en est consciente, mais ça ne fait plus de différence pour elle ; d'une certaine manière, c'est avec tous ces gens qu'elle souhaite se réconcilier.

— Jason…

— Quoi ?

Jusque-là, le fulgur s'est montré plutôt froid et distant. Mais à présent, il démontre des signes flagrants d'impatience.

— Que veux-tu, Ael ?

— Ne fais pas ça.

— Ne pas faire quoi ?

— Ne sois pas aussi dur.

Jason s'étonne de la requête ; elle va même jusqu'à lui tirer un soupir.

— Qu'attends-tu de moi exactement ?

— J'aimerais obtenir… ton pardon.

— Mon pardon ? répète Jason tout en s'esclaffant. Ael, tu nous as abandonnés dans cette foutue forêt pour aller livrer Adelring à Kalev, notre ennemi. Comment peux-tu croire un seul instant que je pourrais te pardonner ? J'ai failli être tué à cause de toi ! On a tous failli mourir à cause de ta trahison !

— Jason, je n'avais pas le choix….

— On a toujours le choix, et tu as fait le tien. Tu as choisi Kalev plutôt que tes amis. Plutôt que moi.

Un lourd silence tombe dans la cabine. Le renégat et les animalters choisissent tous un siège, laissant Ael seule, debout, devant la porte du *Nocturnus*. Jason s'apprête à retourner auprès de Hati dans le poste de pilotage lorsqu'il est arrêté par Brutal, qui lui demande :

— Où va-t-on maintenant ?

— À l'abbaye Magnus Tonitrus, répond Jason, rejoindre les autres fulgurs.

— Les fulgurs qui sont sous les ordres de Kalev? Mais tu es dingue!

— Je ne vois pas d'autre solution.

— C'est impossible, leur dit Ael. L'abbaye et le refuge du Mont-Saint-Michel ont été détruits, tout comme le repaire de Manhattan.

— Mais alors…, fait Freki.

— Alors nous sommes seuls, complète Ael en prenant un siège à son tour. Il n'y a plus que nous.

— C'est entre nos mains que repose le sort de l'humanité? s'exclame Brutal avec un sursaut de pessimisme. Eh bien, sortez vos chapelets, mesdames et messieurs, et mettez-vous à la prière, c'est urgent!

23

Le lendemain matin, alors qu'elle se préparait à partir pour le boulot, Hélène reçut un appel de Bishop. Il l'invitait à dîner le soir même dans un restaurant très fréquenté, croyant sans doute que cette initiative contribuerait à atténuer la méfiance de la jeune femme. Il n'avait pas tout à fait tort.

— Elle y sera? demanda Hélène en faisant allusion à la mystérieuse femme qui se trouvait avec Bishop la veille, au bar.

— Non, répondit le notaire. Elle a dû quitter… le pays. Elle n'était de passage à New York que pour cette seule soirée. Ses séjours parmi nous sont plutôt rares, et généralement très brefs.

— Qui est-elle?

— Nous en discuterons ce soir, voulez-vous?

Hélène répondit par l'affirmative, puis raccrocha.

Lorsqu'elle se présenta au restaurant, Bishop était déjà arrivé. Le maître d'hôtel accompagna Hélène jusqu'à la table et tira sa chaise pour l'inviter à s'asseoir.

— Bonsoir, lui dit le notaire.

Hélène répondit par un sourire équivoque.

Le serveur s'approcha.

— Vous prenez quoi ? fit Bishop. Du vin ?

Hélène soupira ; pour les alcooliques, se faire offrir un verre fait pardonner bien des fautes.

— Oui, du vin.

— Alors apportez-nous une bouteille de votre meilleur vin, dit Bishop au serveur. Et une eau minérale pour moi.

Le serveur hocha la tête, puis s'éloigna.

— Une eau minérale, hein ? se moqua Hélène. D'accord, alors c'est à mon tour de vous poser la question : pourquoi buviez-vous ?

Le notaire eut un léger mouvement de recul. Hélène décela de la surprise sur son visage, malgré ses efforts pour la dissimuler.

— Comment savez-vous ? fit-il en jetant un coup d'œil furtif en direction de la table voisine.

— Il n'y a qu'un alcoolique pour s'intéresser à un autre alcoolique.

En vérité, Hélène avait toujours eu un don pour reconnaître ses semblables ; il n'était pas difficile de discerner cette lueur sombre dans leur regard, signe indéfectible d'un désespoir tranquille.

— Vous ne m'avez toujours pas répondu, insista Bishop.

— Vous voulez savoir pourquoi je bois? Parce que j'ai peur.

— Peur de quoi?

— De la mort. Mais surtout de la vie. Et vous, Bishop, pourquoi buvez-vous?

— Je buvais, rectifia-t-il sur un ton neutre. Mais sans doute était-ce pour les mêmes raisons que vous.

— Trop facile, répondit Hélène. J'ai joué le jeu, à votre tour maintenant.

Le serveur les interrompit à ce moment. Après que le vin eut reçu l'approbation d'Hélène, il posa la bouteille sur la table, ainsi que l'eau minérale de Bishop, puis s'en retourna.

La jeune femme attendait toujours une réponse de la part de Bishop, mais celui-ci conservait le silence.

— Vous ne me répondrez pas? demanda-t-elle finalement.

— Mais peut-être n'ai-je pas besoin de le faire, dit-il en soudant son regard à celui de son invitée.

— Qu'est-ce que vous voulez dire?

Hélène perdait de son assurance. Et pour une raison inconnue, cela lui plaisait.

— Peut-être vous est-il possible de deviner mes motivations seulement en sondant mon esprit? déclara Bishop. En tant que Messagère, vous détenez de grands pouvoirs, dont celui, je suppose, de lire dans les pensées. Qu'en dites-vous?

Elle ne répondit pas. Elle porta nerveusement la coupe à ses lèvres et avala une bonne lampée de vin.

— C'est quoi, cette histoire de Messagère?

— Croyez-vous en Dieu?

Hélène fit non de la tête en prenant une nouvelle gorgée.

— C'est le cas de bien des gens, dit-elle ensuite.

— Ont-ils tort, selon vous?

Elle sentit qu'il voulait la piéger.

— Je crois que les dieux existent pour ceux qui croient en eux.

— Mais pas pour les autres?

Hélène sourit, puis répondit:

— L'amour existe-t-il pour ceux qui n'aiment pas?

— Alors, c'est pour cette raison que vous sombrez un peu plus chaque jour dans l'alcoolisme? demanda Bishop. Parce que vous ne croyez ni en Dieu ni en l'amour?

— Vous vous trompez, soutint Hélène. J'aime…

Elle se retint. Pourquoi était-ce si difficile à dire? Peut-être parce qu'en l'affirmant à voix haute, cet amour devenait réel.

— J'aime un homme.

— Anthony Cardin, le fils du milliardaire Laurent Cardin? Bien sûr que vous l'aimez, Hélène. Mais jamais vous ne serez convaincue de l'amour que lui-même vous porte. Voilà votre démon, voilà ce qui vous pousse à boire autant.

Hélène prit un air indigné:

— Comment pouvez-vous…

Elle vida sa coupe de vin, puis s'apprêta à partir.

— Non, pas tout de suite, l'implora Bishop, nous devons parler.

— Nous parlerons, répondit-elle en se levant. Mais pas ce soir. Demain. Je vous attends chez moi, à midi.

24

L'hélicoptère transportant Kalev et Razan se pose non loin du Castle Rushen, au milieu d'un ancien stationnement situé en bord de mer.

Dès que l'appareil s'immobilise, ils sont évacués de la cabine par leur escorte alter, une unité réduite composée de six hommes en treillis militaire. L'hélicoptère redécolle sitôt débarrassé de ses passagers, afin de libérer la zone d'atterrissage pour un second appareil, qui effectue lentement son approche. Toujours menottés, Kalev et Razan sont emmenés au château de Castle Rushen. On les fait entrer par le portail principal, avant de leur faire traverser la cour intérieure et de les conduire à la tour sud, qui a été convertie en prison. Il n'y a que deux cellules à l'intérieur. Les super alters enferment Kalev dans la première, puis Razan dans la seconde. Une fois les portes de leurs cellules bien verrouillées, on leur demande de passer les mains à travers les barreaux. Un super alter les débarrasse enfin de leurs

menottes, tout en leur annonçant la visite imminente d'un grand dignitaire.

— Le pape? fait Razan.

L'alter ne répond pas. Il jette les menottes
sur un vieil établi en bois et va retrouver les
deux autres gardes, qui se tiennent près de la
porte.

— Qu'est-ce qu'on fabrique ici? demande
Kalev depuis sa cellule, séparée de celle de Razan
par une simple rangée de barreaux.

— Aucune idée, répond Razan.

— Qu'ont-ils fait d'Ael et des autres?

Razan relève un sourcil.

— Ça te préoccupe vraiment?

— Ce qui me préoccupe, c'est Adelring.

Razan acquiesce en souriant.

— Ça me rassure, dit-il en s'asseyant sur le lit,
au fond de sa cellule. Pendant un instant, j'ai cru
que tu t'en faisais pour tes compagnons. Pardonne ma naïveté.

Kalev se rapproche des barreaux.

— Ne fais pas l'idiot, Razan. S'ils mettent la
main sur l'épée Adelring, tout est perdu, et tu le
sais aussi bien que moi!

— J'en ai rien à faire, de cette foutue épée,
rétorque Razan.

— D'accord, mais comment espères-tu tuer
Loki alors?

Razan éclate de rire.

— Je t'ai vraiment convaincu, hein?

— Qu'est-ce que tu veux dire?

— Mon pauvre Kalev, tu crois vraiment que
je suis le Guerrier du signe?

— C'est ce que tu m'as dit, non ?

— Il ne faut pas gober tout ce qui sort de ma bouche, affirme Razan. Parfois, il m'arrive même de douter de mes propres paroles.

Il fait une pause, puis ajoute :

— Personne ne connaît la véritable identité de ce guerrier, et j'ai l'impression qu'elle ne nous sera révélée qu'au tout dernier moment.

Contrarié, Kalev fait le tour de sa petite cellule. Il s'arrête devant le lit, l'observe un moment avec dédain, puis se laisse tomber dessus. À présent, Razan et lui se font face, de chaque côté des barreaux.

— Pourquoi es-tu resté au château alors ? demande Kalev. Tu aurais pu t'enfuir avec Hati et les autres, non ?

Razan hausse les épaules.

— Je croyais avoir besoin de toi.

— Tu voulais m'utiliser ?

Razan lève les yeux au ciel.

— Ne joue pas les vierges offensées, Kalev. S'il y a une personne, en ce bas monde, qui est prête à tout pour parvenir à ses fins, c'est bien toi !

— Détrompe-toi, proteste aussitôt Kalev. Mes objectifs sont tout à fait honorables.

— Qu'est-ce que tu souhaites au juste ? Sauver le monde ? Tu n'as pourtant rien d'un héros, mon gars !

— Je veux libérer mon peuple du joug de Loki.

— Libérer ton peuple ? Pour mieux régner sur lui ?

— Évidemment que c'est pour mieux régner ! s'emporte Kalev. Je suis le fils de Markhomer, premier roi des hommes! Ce royaume m'appartient! Il me revient de droit!

Razan secoue lentement la tête, tout en continuant de sourire.

— Ce que tu souhaites, c'est débarrasser ce monde d'un tyran pour le remplacer par un autre.

Kalev n'est pas d'accord.

— Je ne suis pas un tyran.

— Non, pas encore. Mais c'est seulement parce que tu n'en as pas les moyens.

Un lourd silence s'installe entre les deux hommes.

— Ils ont détruit mon armée…, déclare finalement Kalev au bout d'une minute. La guerre s'est terminée avant même d'avoir commencé. Il n'y a plus qu'un seul espoir désormais.

Plus qu'un seul espoir? se répète Razan en tentant de ne rien montrer de son trouble. Il sait très bien ce que cela signifie, mais choisit plutôt de garder le silence afin de ne pas encourager Kalev à poursuivre. Ce dernier n'a toutefois besoin d'aucun encouragement. Les traits décomposés de son vis-à-vis lui suffisent. Il ajoute:

— N'oublie pas la prophétie. Arielle et moi sommes les véritables demi-lunes. Le jour où elle s'unira à moi, les forces du mal seront vaincues.

Bien que cette éventualité le désole, Razan ne peut qu'approuver:

— J'ai bien peur que tu aies raison…, dit-il sur un ton qui trahit sa lassitude.

— Alors, tu m'aideras?

— T'aider à quoi?

— À séduire Arielle, quoi d'autre?

— Faut pas pousser, tout de même.

Cette fois, c'est le visage de Kalev qui s'illumine d'un sourire.

— Tu refuses de m'aider à sauver… l'humanité?

— Tu sais ce que je pense des hommes.

— Et pourtant, ricane Kalev, je suis certain qu'au fond de toi tu les aimes bien. C'est toi le héros, pas moi.

— Je n'ai rien d'un héros.

— N'es-tu pas le beau capitaine Tom Razan? Le tombeur de ces dames?

— Bien sûr que c'est lui, le seul et l'unique! lance soudainement une voix provenant de l'entrée de la tour.

Kalev et Razan tournent la tête au même moment. Tout près de la porte, ils aperçoivent un jeune homme aux cheveux blonds. Il se tient entre les gardes alters et observe les deux prisonniers avec amusement. Razan reconnaît Émile, l'ancien copain de Rose — ou plutôt d'Angerboda. C'est à l'intérieur de ce corps d'adolescent que s'est incarné Loki le jour de son arrivée sur la Terre. *Ainsi, c'est lui, le grand dignitaire qui devait nous rendre visite*, en conclut Razan.

— Loki! s'exclame Razan. Comme c'est gentil de venir nous saluer!

— Que veux-tu, répond Loki en s'avançant vers les cellules, je suis un hôte exceptionnel, et je tiens à ce que ma réputation, au moins sur ce point, demeure intacte. Oh! et sache que je viens tout juste de rentrer! Je ne supporte pas les effets du décalage horaire… J'aurais pu choisir d'aller me reposer, tu sais, mais j'ai préféré venir me rendre compte de la situation avant.

— La situation ? répète Razan.

Loki opine du chef.

— Arihel est une enfant merveilleuse, murmure-t-il sur le ton de la confidence. C'est une jeune femme dévouée, intelligente… Je ne compte plus ses qualités, mais parfois, je dois l'avouer, son désir d'autonomie me complique un peu la vie. Elle prend des décisions qui ne sont pas de son ressort, comme de vous conduire ici, par exemple.

Loki se déplace légèrement vers la gauche, de façon à ce que Kalev puisse entendre lui aussi.

— Voyez-vous, elle a décidé de se choisir elle-même un mari, révèle Loki en s'adressant cette fois aux deux prisonniers. Elle a fait assassiner celui que je lui destinais, le valeureux général Sidero.

Après avoir poussé un long soupir, le dieu reprend :

— Je ne sais plus quoi faire. Arihel ne réagit pas très bien face à l'autorité. Vous avez des conseils à me prodiguer à ce sujet ?

Razan en a marre de cette comédie.

— Tuez-la, dit-il, sachant très bien que ce n'est pas la réponse à laquelle s'attendait Loki.

— Oui, j'y ai pensé, répond Loki sans se laisser démonter. Mais voyez-vous, je l'aime. Elle est… ma préférée.

Soudain, Razan glisse sa main, puis son bras entre deux barreaux et agrippe Loki par le revers de son manteau. D'un mouvement brusque, il attire le dieu à lui. Tous les deux se trouvent pratiquement nez à nez lorsque Razan déclare :

— Dieu ou pas, je vais te tuer !

Les gardes alters quittent leur position en toute hâte pour se porter à la rescousse de leur dieu et maître, mais sont interrompus dans leur course par ce dernier qui, d'un simple signe de la main, leur ordonne de rester là où ils sont. À la manière dont il a réagi, les gardes comprennent que Loki souhaite s'occuper seul de ce problème. Il en a le pouvoir et la force, et préfère s'éviter l'humiliation d'être secouru par deux de ses alters, des créatures qui, selon les gardes eux-mêmes, ont toutes les raisons d'être considérées comme inférieures.

— Désolé de te décevoir, Razan, répond Loki, le visage appuyé contre les barreaux. Je vais certainement mourir un jour, mais ce n'est pas toi qui me tueras, ni même Arielle Queen. La personne qui terrassera le grand Loki, tu ne la connais pas encore. Tu veux entendre son nom ?

Razan serre les dents.

— Oui !

25

Le notaire Bishop se présenta à midi pile. Hélène le fit entrer dans son appartement et lui demanda de passer au salon. Elle avait préparé du thé glacé et en offrit un verre à son invité.

— Pas d'alcool ? fit ce dernier en prenant le verre.

— Je travaille ce soir, l'informa Hélène. Jamais d'alcool avant et pendant le boulot.

— Vous y tenez à ce travail ?

— Quelle question ! Évidemment que j'y tiens.

— Ça paie bien ?

— Très bien.

— Pourquoi conduire des voitures ?

— Je conduis une limousine, le corrigea Hélène.

— Vous ne voulez pas répondre ?

175

— Mon père et mon frère ont fait de la course automobile. J'ai toujours aimé les voir conduire. Maintenant, c'est à mon tour.

Elle fit une pause, puis demanda :

— Pour quelle raison portez-vous une arme ?

— Une arme ?

— Ne jouez pas les innocents, Bishop, vous savez très bien de quoi je parle.

Le notaire garda le silence tout en tâtant le 9 mm à travers son veston, comme pour s'assurer qu'il tenait bien en place dans son étui.

— Pourquoi en avez-vous besoin ?

— C'est pour me protéger.

— Vous protéger ? Mais vous protéger de qui, de quoi ?

— Des forces de l'ombre, répondit-il en haussant les épaules, comme si c'était l'évidence.

— Les forces de quoi ?

— Vous avez déjà entendu parler de la société secrète des alters ?

Hélène fit non de la tête.

— Votre patron, Laurent Cardin, combat cette organisation depuis plusieurs décennies déjà. Les alters se sont infiltrés partout, dans toutes les sphères du pouvoir, et pas uniquement ici, aux États-Unis, mais dans tous les pays. Leur objectif : éliminer les elfes noirs et prendre le contrôle de notre monde.

— Les elfes noirs, hein ? fit Hélène avec un sourire en coin. Et que font-ils des nains de jardin et des trolls ? Allez, soyez honnête, ajouta-t-elle, toujours avec le même sourire narquois. Vous avez laissé tomber l'alcool pour la drogue, pas vrai? Un conseil : précipitez-vous dans un centre de désintox. Ou directement à l'asile, tiens.

Le notaire ne sembla pas s'offusquer outre mesure de la remarque.

— Ce que je vous ai dit est la vérité, soutint-il sans la moindre trace de colère ou d'impatience dans la voix.

— Je n'en doute pas une seconde, répondit Hélène. Mais c'est votre vérité à vous, et non la mienne. Allez raconter votre histoire aux journaux et je vous promets qu'ils vous suggéreront la même chose que moi : une consultation chez le psy.

— Un jour, vous constaterez tout cela par vous-même.

— Si je continue à boire autant, c'est tout à fait possible. J'ai déjà commencé à avoir des hallucinations.

— Ce ne sont pas des hallucinations, affirma Bishop. D'une certaine façon, vous êtes connectée avec elle. Un lien vous unit, bien que j'ignore lequel.

— Elle? De qui parlez-vous?

Le notaire hésita un moment, puis répondit :

— Je parle d'Arielle Queen.

— La femme qui était avec vous au bar?

— Non. Arielle n'est encore qu'une enfant. Elle fêtera bientôt son deuxième anniversaire. Mais un jour, dans plusieurs années, vos chemins se croiseront.

— Qui était la femme qui vous accompagnait l'autre soir?

— Comme vous, c'est une messagère. D'ici peu, vous aurez l'occasion de vous entretenir avec elle.

Le notaire semblait si convaincu de ses propos qu'Hélène commença à douter. Et si ce délire était réellement fondé ? Cette présence invisible qu'elle sentait de plus en plus souvent, se pouvait-il que ce fût cette Arielle Queen dont il parlait ?

— Et si nous passions à la véritable raison de ma visite ? proposa soudain le notaire.

— Vous allez encore prétendre que je suis une enfant adoptée ?

— Vous l'êtes. Nous n'avons jamais retrouvé la trace de votre vrai père, mais votre mère biologique s'appelait Juliette Stewart. Elle est morte le jour de votre naissance. Complications à l'accouchement. C'est l'amie d'enfance de votre mère, Louise, ainsi que son mari, Robert Utterson, qui se sont occupés de vous par la suite, jusqu'à ce qu'ils puissent vous adopter légalement.

Il disait vrai. Hélène était incapable d'expliquer pourquoi, mais elle était certaine, cette fois, que le notaire ne mentait pas.

— Alors, ma mère est… morte ?

Bishop hocha la tête en silence.

— Vous êtes la toute dernière descendante de Helen J. Stewart, dit-il ensuite. « À l'intérieur de son petit corps frêle vivait une indomptable volonté, une ambition merveilleuse et un cœur courageux, et elle a affronté la mort comme elle a affronté les problèmes quotidiens de la vie : avec une extraordinaire force morale. » Cette épitaphe, on la retrouve sur la tombe de votre ancêtre, expliqua le notaire. On disait de Helen J. Stewart qu'elle était la plus célèbre veuve du Nevada.

Elle fut la première femme à posséder un ranch, le plus vaste du comté de Lincoln, paraît-il, et à exploiter un élevage de bétail. C'était une femme d'affaires aguerrie, et mère de cinq enfants, deux filles et trois garçons. On raconte que l'écrivain Robert Louis Stevenson, de passage en Amérique, aurait eu une liaison avec elle en 1887, mais rien n'a jamais pu être prouvé à ce sujet. Stevenson aurait été un des premiers hommes à découvrir la présence des alters parmi nous. Son roman, *L'Étrange Cas du Docteur Jekyll et de Mister Hyde*, serait directement inspiré de cette découverte. Selon la rumeur, les alters de l'époque n'auraient pas du tout apprécié que Stevenson écrive sur le sujet et l'auraient forcé à revoir son récit original. L'histoire que nous connaissons aujourd'hui ne correspond pas réellement à celle que Stevenson avait écrite à l'époque.

Hélène observait le notaire sans rien dire, incapable de prononcer la moindre parole. Son silence invita Bishop à poursuivre :

— Vous portez le même nom que votre ancêtre, Helen Stewart. Sauf que le vôtre s'écrit à la française, avec les accents et le « e » à la fin. J'ai une lettre à vous transmettre, ajouta-t-il. Elle est conservée par notre étude de notaires depuis 1887. Nous avions pour instructions de la remettre à la descendante de notre cliente, en l'an 1992.

Hélène ne lui cacha pas son étonnement.

— Une lettre datant de 1887 ?

Bishop acquiesça.

— Ça paraît étrange, je sais, mais c'est la vérité. Les notaires de l'époque considérèrent cette demande comme farfelue, bien sûr, mais respectèrent néanmoins les volontés de leur cliente.

— Et cette cliente était Helen J. Stewart?

Bishop approuva:

— Aussi connue sous le nom de Helen Jane Wiser.

Le notaire fouilla dans sa mallette et en sortit une enveloppe beige de format légal. L'enveloppe contenait un document, que Bishop lui tendit. Il s'agissait d'une missive manuscrite, écrite sur du papier à lettre qui fut certainement très coquet autrefois, mais qui avait jauni avec les années.

— Voilà, mon boulot est fait, annonça le notaire. Le reste ne dépend plus que de vous.

Sans ajouter un mot, il vida son verre de thé glacé et se leva. Il s'apprêtait à sortir de l'appartement lorsque Hélène l'interpella:

— Monsieur Bishop, pourquoi ai-je le pouvoir de guérir les gens?

Le notaire sourit. Elle commençait à croire.

— Parce que les dieux du Renouveau vous aiment, chère enfant.

— Et ces visions qu'il m'arrive d'avoir?…

— Elles vous aideront à sauver le monde.

— Moi, sauver le monde?

— Vous et plusieurs autres, Hélène.

Le notaire la quitta sur ces mots. Hélène se retrouva seule. Sans plus tarder, la jeune femme posa la lettre devant elle, sur la table basse, et entama sa lecture:

23 mai 1887

Chère enfant,

Je m'appelle Helen Jane Stewart. Tu es ma descendante. Si tout s'est déroulé comme l'a prévu Raphaëlle, plus de cent dix ans séparent nos deux époques. Je suis morte et enterrée depuis bien longtemps, comme tu dois t'en douter. Si je tenais à ce que cette lettre te parvienne, c'est qu'elle contient d'importantes informations. Des informations qui, au dire de Raphaëlle, te permettront de discuter avec une femme venue du futur. Cette femme te confiera une mission vitale pour la survie de l'humanité. Tu n'as aucune raison de me croire, bien entendu, mais le seul fait d'accomplir cette mission peut te sauver, toi, ainsi qu'une partie de tes semblables.

Il y a quelque temps, j'ai fait la rencontre d'un homme extraordinaire : Robert Louis Stevenson. Lui et moi sommes devenus amis. De très proches amis. Il était Anglais et écrivain. L'année dernière, il a publié un roman ayant pour titre L'Étrange Cas du Docteur Jekyll et de Mister Hyde. *Pour écrire ce roman, Robert m'a confié qu'il s'était inspiré d'une ancienne légende mettant en scène une catégorie bien particulière de démons : les alters nocta.*

Selon lui, ces alters nocta, ou jumeaux de la nuit, sont des doubles maléfiques qui, la nuit venue, prennent possession du corps de leurs hôtes. Un peu comme dans le cas du Docteur Jekyll et de Mister Hyde, excepté que les alters n'ont besoin d'aucune potion pour réussir à s'incarner. Au début, je n'y croyais pas trop, tu sais. Je me disais que Robert avait peut-être un peu trop d'imagination. Mais n'en faut-il pas beaucoup pour être écrivain ? Il me fallut la visite, quelques années plus tard, d'une jeune femme nommée Raphaëlle Queen pour que j'arrive enfin à croire tout ce que Robert m'avait dévoilé au sujet de ces alters et de cette lignée d'élus qui a pour mission de les combattre et de les défaire. Raphaëlle a confirmé tout ce que Robert avait raconté. Elle m'a même présentée à une de ces étranges créatures qui l'accompagnaient : un animal doué d'intelligence qui prend forme humaine. Des « animalters », comme les appelait Robert. Ce sont des êtres fascinants, Hélène. Et que dire de Raphaëlle… À elle seule, elle est parvenue à me débarrasser d'un clan de voleurs qui menaçaient de s'en prendre à mon élevage. Pour les combattre, elle s'est habilement servie d'une longue épée, qui brillait dans la nuit comme un feu ardent.

C'est Raphaëlle qui m'a convaincue de t'écrire cette lettre et de te transmettre ce message. Ce sont des coordonnées.

Les voici :

J'ignore si cette lettre te parviendra et si tu accepteras ou non de te rendre à cet endroit. Toutefois, tu peux me faire confiance quand je dis que Raphaëlle Queen ne ment pas. Je n'ai aucune idée de ce que cette femme venue du futur te dira, mais je sais que c'est important. Si je n'ai eu qu'une seule certitude dans ma vie, c'est bien celle-là.

J'aimerais voir à quoi ressemble la vie à ton époque, chère enfant. Peut-être que les choses ne sont pas si différentes, après tout. J'espère seulement que les hommes se portent mieux et qu'ils s'entretuent moins. Prions pour que la fin de l'humanité ne soit pas aussi proche que l'ont prétendu Raphaëlle et Robert.

Paix à toi.

Salutations d'une Helen Stewart à une autre.

Et comme disait Robert : « Être ce que nous sommes et devenir ce que nous sommes capables de devenir, tel est l'unique but de la vie. »

26

*Dès qu'Arihel fait son entrée
dans le château de Castle Rushen,
elle est accueillie par Ricoh,
nouvellement promu général.*

Les commandos accompagnant Arihel dans l'hélicoptère se dispersent une fois le portail franchi et laissent le soin à d'autres alters, ceux de la garde prétorienne, de veiller sur la jeune reine.

— Mon père est rentré? demande Arihel au général Ricoh, alors que celui-ci tente de rattraper sa maîtresse qui marche d'un pas rapide.

— Oui, répond-il, il y a peu de temps.

— Où est-il?

— Dans la tour sud, avec les prisonniers.

Arihel esquisse une moue contrariée.

— Exactement comme je l'avais prévu, déclare-t-elle avec mauvaise humeur. Il ne peut pas s'en empêcher…

De toute évidence, elle n'approuve pas que son père se mêle de ses affaires. Bouillant de colère, elle se met à marcher encore plus vite.

Ricoh et la garde prétorienne doivent accélérer le pas pour réussir à la suivre. Le groupe contourne le bâtiment central, puis la tour est, avant d'obliquer vers la tour sud. Fenrir et Jörmungand se tiennent de part et d'autre de la porte, les bras croisés, comme s'ils gardaient l'entrée de la tour. Ils posent un regard sévère sur leur demi-sœur, lorsque celle-ci arrive enfin à leur hauteur.

— Père se trouve à l'intérieur ? leur demande-t-elle.

Ricoh se poste derrière Arihel, pour bien montrer aux deux fils de Loki que la jeune reine s'est assuré la loyauté des super alters. Du moins, ceux du Nordland.

— Il est avec tes deux prétendants, oui, répond Fenrir.

Arihel s'avance vers la porte, mais Jörmungand fait un pas de côté pour s'interposer.

— Laisse-moi passer ! lui ordonne-t-elle.

— Il ne veut pas être dérangé.

— Qui est le souverain du Nordland, Loki ou moi ?

— C'est toi, admet Jörmungand. Excepté que ce n'est pas à la reine du Nordland que j'ai prêté serment d'allégeance, mais au dieu Loki.

— Tu peux proclamer ton allégeance à qui tu veux, je m'en balance ! C'est moi qui ai toute autorité ici, sur ce territoire, et j'exige que tu t'écartes pour me laisser passer !

Les alters de la garde prétorienne, qui étaient demeurés en retrait jusque-là, se rassemblent autour d'Arihel. Tout comme Ricoh, ils manifestent ainsi leur soutien indéfectible à la jeune femme.

L'issue de cette confrontation est claire : si Jörmungand ne libère pas le passage, il y aura combat. Bien que Jörmungand et Fenrir soient assez puissants pour se débarrasser aisément du général Ricoh et de tous les membres de la garde prétorienne, il n'est pas dit qu'ils arriveront également à neutraliser Arihel. Si elle était seule, peut-être, mais les deux frères soupçonnent la jeune femme de vouloir se servir de sa cohorte pour faire diversion, ce qui lui accorderait les quelques secondes nécessaires pour passer à l'offensive.

— Père ne sera pas content, fait remarquer Jörmungand en cédant finalement à la requête de sa demi-sœur.

— On verra bien, rétorque Arihel, satisfaite de voir que la voie est enfin libre.

Sans plus attendre, elle ouvre la porte et pénètre dans la tour, suivie du général Ricoh. Une fois à l'intérieur, elle se dirige droit vers les cellules, sans accorder la moindre attention aux gardes alters de la prison, qui doivent se contenter des explications de Ricoh. En se rapprochant des cellules, Arihel aperçoit Loki, qu'elle surprend en pleine conversation avec les prisonniers.

— … mais ce n'est pas toi qui me tueras, ni même Arielle Queen, est en train de dire son père. La personne qui terrassera le grand Loki, tu ne la connais pas encore. Tu veux entendre son nom ?

— Oui ! répond Razan.

— Eh bien…

— Père, ne fais pas ça ! l'interrompt prestement Arihel.

Loki se retourne brusquement lorsqu'il entend la voix de sa fille. Il la gratifie d'un large sourire et ouvre grand ses bras, même en sachant qu'elle refusera de lui faire l'accolade.

— Je me faisais du souci pour toi, ma fille, dit-il alors que tous les deux se font face, sans se toucher.

Il est évident qu'Arihel préfère garder ses distances. Elle se méfie de son père, tout autant que celui-ci se méfie de sa fille. Ils s'évaluent l'un et l'autre du regard, comme deux adversaires qui s'apprêtent à se battre en duel, jusqu'à ce qu'Arihel brise enfin le lourd silence qui règne entre eux :

— Épargne-moi le numéro du bon papa qui s'inquiète pour sa progéniture, lâche-t-elle avec une froideur calculée.

— Mais que dis-tu, ma fille ? Oserais-tu prétendre que ton père ne t'aime pas ? Il faut que je t'affectionne particulièrement pour ne pas te punir d'avoir fait assassiner mon général d'armée. Sidero était un militaire de grande valeur, et sa mort m'attriste beaucoup.

Arihel sourit.

— Si je l'ai fait tuer, c'est que tu voulais me forcer à l'épouser.

— Il te faut un mari, ma fille, si tu souhaites me donner des petits-enfants. À qui laisserons-nous la régence de tous ces territoires lorsque tes sœurs et toi serez mortes ?

— Bien sûr qu'il me faut un mari, rétorque Arihel. Et mon choix est déjà fait. Mais ce n'est pas le tien, père.

Loki ne trouve rien à répondre. Il paraît surpris et continue d'observer sa fille avec méfiance, comme s'il redoutait ses prochaines paroles.

— Attends, Arihel, tu ne souhaites tout de même pas…

— Oui, père, le coupe-t-elle. Je compte épouser Razan.

27

Jekyll Island
23 décembre 1992

Ils étaient en octobre lorsque le notaire lui avait remis la lettre. Deux mois plus tard — en décembre, donc —, Hélène quitta New York pour se rendre à Jekyll Island, tel que le demandait le message, davantage par curiosité que pour accomplir cette « mission » qui semblait si importante aux yeux de son ancêtre. Elle fit le voyage en deux jours, s'arrêtant tout d'abord à Washington pour y faire quelques provisions, puis à Raleigh pour dormir.

Elle se présenta à l'hôtel le 23 décembre. La mention « *JEKYLL ISLAND CH* » du message correspondait au Jekyll Island Club Hotel. À la réception, Hélène demanda la chambre 23, mais on lui répondit que cette chambre n'était pas prête, et on lui proposa la 25 à la place. Elle refusa, bien sûr, et répondit qu'elle attendrait que la 23 soit disponible. À ce moment, il était 14 h.

On vint la chercher dans le salon de l'hôtel vers 15 h 30 pour lui annoncer que la chambre était enfin prête. Un valet l'accompagna au deuxième étage, transportant son unique bagage, et ouvrit la porte pour elle. Après avoir reçu son pourboire, il lui souhaita un bon séjour, puis la laissa seule dans la chambre.

Hélène se déshabilla, prit une douche, après quoi elle passa un peignoir et s'étendit sur le lit. Elle alluma la télé, sélectionna la chaîne des infos, puis s'assoupit. Elle dormit au moins deux heures, car lorsqu'elle s'éveilla, son ventre lui signala par ses gargouillements qu'il était temps de le remplir. Elle avait avalé son dernier repas à 11 h. Elle contacta le service aux chambres, commanda une salade et une assiette de pâtes, puis retourna dans la salle de bains pour coiffer ses cheveux, qui avaient séché en bataille durant sa sieste.

Trente minutes plus tard, un serveur cognait à sa porte. Il poussa la desserte roulante à l'intérieur de la pièce et lui présenta les mets. Le jeune homme recueillit son pourboire, puis lui souhaita bon appétit. À 20 h, elle termina son repas sans avoir avalé la moindre goutte d'alcool. Ne lui restait que trois heures à patienter. Que se passerait-il exactement à 23 h? Selon son ancêtre, elle allait rencontrer une femme venue du futur. Une femme qui allait lui confier une importante mission, soi-disant vitale pour l'avenir de l'humanité. Hélène y croyait-elle réellement? Peut-être. Quoi qu'il en fût, elle devait satisfaire sa curiosité.

Lorsque le réveille-matin posé sur la table de nuit indiqua 22 h 58, elle se releva et commença à faire les cent pas dans sa chambre. Elle était nerveuse. Et si Helen J. Stewart avait dit la vérité ? Si une femme se présentait réellement à elle en prétendant venir du futur ? Quelle serait sa réaction alors ? Hélène allait lui rire au visage, assurément. Que pouvait-elle faire d'autre ? La jeune femme se rendit jusqu'à la porte et jeta un coup d'œil par le judas. Elle ne vit personne dans le couloir.

Le réveille-matin affichait maintenant 22 h 59. Plus qu'une minute. Un second regard à travers le judas lui permit de constater que le couloir était toujours désert. Allait-elle ouvrir si la femme frappait à sa porte ? Elle en doutait. La curiosité avait fait place à la peur. Elle ignorait pourquoi, mais elle était à présent convaincue que son ancêtre n'avait pas menti, et l'imminence de cette rencontre la terrifiait. Hélène pressentait un danger, et savait que les révélations de cette femme ne lui plairaient guère.

— Il est normal d'avoir peur, déclara soudain une voix derrière elle.

Hélène sursauta, puis se figea. Les mains posées à plat sur la porte, l'œil fixant toujours le couloir à travers le judas, elle hésitait à se retourner. La femme était là, dans sa chambre. Comme elle avait été bête : une personne venue du futur n'avait nul besoin de cogner à la porte d'une pièce pour y entrer. Elle pouvait se matérialiser n'importe où, n'importe quand, à son gré. Pourquoi avoir choisi cet endroit et ce moment, alors ?

— Certaines conditions doivent être réunies pour permettre l'ouverture d'une fenêtre entre les époques, expliqua la femme, comme si elle avait lu dans ses pensées.

Le ton posé de sa voix contribua à rassurer Hélène. Plus détendue, elle jugea qu'il était temps de faire face à cette femme. Elle se retourna donc lentement, sans mouvement brusque.

— Tu n'as rien à craindre de moi, dit la femme.

Elle était jeune et très belle. Grande, mince, elle portait sur ses épaules une peau d'animal de couleur noire. À sa taille pendait un fourreau de cuir à l'intérieur duquel se trouvait une magnifique épée, dont la poignée et la garde étaient ornées de diamants. On l'aurait dite originaire du passé, plutôt que du futur. *Elle ressemble à l'une de ces femmes guerrières du Moyen Âge*, se dit Hélène.

— Heureuse de te revoir, Hélène Stewart, déclara la femme.

Hélène hocha la tête en silence. Elle reconnaissait maintenant cette femme : il s'agissait de la mystérieuse inconnue qui accompagnait le notaire Bishop dans ce bar, le soir où Hélène avait guéri le bras de Sandy simplement en y posant la main.

— Je suis une lady du Nordland, poursuivit la femme. Mon nom est Absalona.

Hélène fit un pas prudent dans sa direction.

— Vous… Vous…

Absalona acquiesça avant qu'Hélène ne parvienne à lui poser sa question. De toute évidence, elle savait précisément ce qu'elle souhaitait lui demander.

— Oui, répondit-elle, je suis bien originaire du futur.

Voyant que le regard d'Hélène s'attardait sur son épée, puis sur la fourrure d'animal posée sur son épaule, elle expliqua :

— Les temps changent. Il en est ainsi depuis toujours. Le monde de demain est très différent de celui que tu connais. De grands bouleversements sont à venir.

Hélène se sentait beaucoup plus sereine. Absalona ne lui inspirait plus aucune crainte, bien au contraire : si elle se trouvait ici, avec elle, c'était pour une raison importante ; on ne voyage pas dans le temps uniquement pour aller dire bonjour aux gens du passé. Les enjeux étaient autrement plus cruciaux, Hélène en avait la profonde conviction.

— Et quel est mon rôle dans tout ça ?

— Tu devras transmettre un message à ton tour.

— À cette Arielle Queen ?

Absalona approuva d'un signe de tête, puis ajouta :

— Bientôt, tu feras irruption dans sa vie, mais elle te remarquera à peine. Il devra encore s'écouler plusieurs années avant votre ultime rencontre. Elle aura lieu en novembre 2013, le jour de son vingt-troisième anniversaire. Ce jour-là, vous vous croiserez de nouveau dans la prison du château de Brimir. C'est à ce moment que tu devras lui transmettre le message.

Hélène ne pouvait cacher son étonnement.

— Je vais me retrouver… en prison ?

— Comme plusieurs autres humains, oui.

Pourquoi spécifiait-elle « humains » ? La Terre allait être envahie par des extraterrestres ou quoi ? À moins que ce ne soit par ces alters dont Bishop avait fait mention.

— Non, fit Absalona, pas par les extraterrestres, mais bien par les démons.

Hélène était certaine d'avoir mal entendu.

— Les… démons ?

— Je ne peux rien te révéler à ce sujet pour l'instant, mais un jour tu comprendras.

Oui, c'est aussi ce que m'a dit Bishop, songea Hélène, à la suite de quoi elle soupira. Le doute s'était de nouveau installé dans son esprit. Des démons, vraiment ? Elle s'était attendue à autre chose. Une invasion de petits bonshommes verts lui aurait paru plus réaliste.

Absalona prit une petite enveloppe qui était glissée dans son ceinturon et la tendit à la jeune femme. Le rabat de l'enveloppe était fermé avec un sceau de cire.

— Voici le message que tu dois donner à Arielle.

— Je peux le lire ?

— Il ne t'est pas adressé, répondit sèchement Absalona.

Elle avait raison, et Hélène s'en voulut d'avoir posé la question, mais étant de nature curieuse, elle n'avait pu s'en empêcher. C'est encore sa curiosité qui la poussa à questionner son interlocutrice.

— Pourquoi ne pas lui donner ce message vous-même ? demanda-t-elle.

Cette fois, le ton de la femme se fit plus conciliant :

— Il m'est impossible de lui remettre personnellement le message, expliqua Absalona, car au moment où elle devra prendre connaissance de ce secret, je serai incapable de la contacter.

Elle disait la vérité. Une petite voix, peut-être celle de son ancêtre, en assurait Hélène.

— Et pourquoi dois-je attendre toutes ces années?

— Lui dévoiler trop tôt le contenu de cette lettre risquerait de compromettre sa destinée… et la nôtre, par la même occasion. La connaissance du futur est une arme dangereuse, bien plus encore que toutes celles employées par les démons. Un seul changement, une seule déviation du destin pourrait mener l'humanité à sa totale destruction.

— Je vois…, mentit Hélène.

Elle n'avait jamais rien compris à tous ces trucs de paradoxes temporels, et songea que c'était certainement à ce genre de théorie nébuleuse qu'Absalona faisait allusion.

Hélène examina encore l'enveloppe pendant un bref moment, avant de se diriger vers son sac à main et de la glisser à l'intérieur.

— Cette Arielle, demanda Hélène, elle me fera confiance?

— Elle saura qui tu es, répondit Absalona. Elle se souviendra de toi, et en lisant ce message, elle comprendra tout. Peut-être aurons-nous alors une chance de nous débarrasser des démons pour toujours.

Hélène vit Absalona sourire, tandis que le corps de la femme perdait graduellement de sa densité. Elle allait bientôt disparaître, quitter à jamais cette époque pour retourner vers la sienne.

— Absalona, attendez!

Avant qu'elle ne se soit entièrement volatilisée, Hélène se devait de l'interroger une dernière fois :

— Pourquoi le nombre vingt-trois ? Pourquoi devais-je me présenter ici le 23 décembre, dans la chambre numéro 23, à 23 h précises ? Et pourquoi attendre le 23ᵉ anniversaire d'Arielle Queen ?

Toujours avec le sourire, Absalona lui répondit :

— Ce nombre est le signe.

— Le signe ? Mais quel signe ?

Étrangement, le sourire de la femme du futur s'effaça. Elle secoua la tête, d'un air résigné. Que traduisait cette sombre expression ? Fatalisme ou désespoir ?

— Celui qu'il faut invoquer…, conclut Absalona.

Une seconde plus tard, elle avait quitté la chambre.

28

*La déclaration pour le moins
fracassante d'Arihel surprend
tout le monde, y compris
le futur époux lui-même : Razan.*

Juste à son air, Arihel comprend que son père n'approuve pas ce choix. Elle lit la colère dans ses yeux, et s'ils n'avaient pas autant de témoins, elle est convaincue qu'il l'aurait foudroyée sur place, usant de l'un de ses prodigieux pouvoirs.

— Tu ne peux pas faire ça…, dit Loki en essayant tant bien que mal de maîtriser sa rage.

L'apparente bonhomie dont il faisait preuve encore quelques instants plus tôt semble avoir complètement disparu. Le Loki enjoué et moqueur a dorénavant cédé sa place au véritable dieu du mal, un être cruel et implacable, capable de tout, même de châtier sévèrement l'une de ses propres filles.

— Et pourquoi pas ? demande Arihel.

La respiration de Loki s'accélère. Les lèvres serrées, il s'apprête à dire quelque chose, mais se retient au dernier moment. Après avoir secoué la tête, il écarte sans délicatesse Arihel de son chemin, puis se dirige vers la sortie. C'est dans un silence on ne peut plus éloquent qu'il quitte finalement la tour. À l'intérieur de cette prison improvisée, il ne reste plus à présent qu'Arihel, Razan et Kalev, ainsi que le général Ricoh et les deux gardes. D'un signe, Arihel commande à Ricoh et aux sentinelles de sortir.

— Laissez-moi seule avec les prisonniers ! exige-t-elle.

Le général et les deux alters acquiescent nerveusement, puis s'empressent de disparaître. Une fois la porte de la tour refermée, la jeune femme se tourne vers Kalev et Razan. Ces derniers, debout dans leur cellule, la fixent d'un air à la fois pensif et inquiet.

— Ne faites pas cette tête, leur dit-elle. Je n'ai pas l'intention de vous exécuter. Pas tout de suite, du moins.

Kalev se rapproche des barreaux. Arihel se tient à moins de deux mètres de lui.

— Pourquoi épouser Razan ? lui demande-t-il.

— Parce qu'il me faut un compagnon, répond Arihel, et parce qu'il est le seul homme assez fort pour assumer ce rôle.

— Que fais-tu de moi ? proteste Kalev.

Elle tente de garder son sérieux, mais finit par flancher et éclate de rire.

— Toi ? lui dit-elle entre deux rires. Mon pauvre Kalev, tu es l'homme le plus faible que j'aie jamais rencontré !

— Je ne te permets pas de…

Les traits d'Arihel se durcissent d'un seul coup.

— ASSEZ! rugit-elle à l'intention du prince, au point de le faire reculer.

Elle agrippe ensuite la porte de la cellule et l'arrache à ses gonds d'un seul mouvement du bras. Après s'être débarrassée du battant, Arihel pénètre dans la cellule de Kalev et l'empoigne par les cheveux pour le forcer à la suivre à l'extérieur. Dès qu'ils se retrouvent devant la seconde cellule, Arihel répète le même exercice : elle arrache la porte avec autant d'aisance et se dirige droit sur Razan. Derrière elle, ses jambes traînant sur le sol, Kalev pousse des hurlements de douleur. La jeune femme le tient toujours fermement par la tignasse.

— Mais qu'est-ce que tu fais? demande Razan au moment où Arihel s'immobilise brusquement, alors que tout portait à croire qu'elle allait bondir sur lui.

Razan n'a pas cillé, ce qui fait sourire la jeune femme. Il demeure imperturbable et bien solide sur ses jambes. Un être normalement constitué aurait, à tout le moins, tenté d'esquiver cette charge démentielle, mais pas Razan. Il n'a jamais reculé devant quoi que ce soit dans sa vie, et ne va certainement pas commencer aujourd'hui, surtout pas devant la créature immonde qui lui a ravi sa princesse bien-aimée.

— C'est toi que je veux épouser, Razan, lui explique Arihel, et non Karl Sigmund.

La jeune femme lève ensuite son bras et pose sa main libre sur la tête de Razan, ou plutôt sur celle de Sigmund. Le transfert s'opère aussitôt. Razan est soudain aveuglé par un puissant éclat de lumière. Lorsque celui-ci s'atténue, il bat frénétiquement des paupières et réalise qu'il a quitté le corps de Sigmund pour réintégrer le sien, celui dont Kalev s'était si sournoisement emparé. Razan est à présent agenouillé auprès d'Arihel et ressent une vive douleur au cuir chevelu. Ce sont ses propres cheveux qu'elle tient dorénavant dans sa main. Si l'échange des âmes s'est effectué correctement, Kalev devrait maintenant se trouver dans le corps de Karl Sigmund.

— Ça va, tu peux me lâcher, dit Razan à l'intention d'Arihel.

Celle-ci ouvre sa main et le libère. Il se remet rapidement sur ses pieds. Son premier réflexe est de toucher son visage pour s'assurer qu'il s'est bien incarné dans le bon corps. Il examine ensuite ses bras, son torse, puis ses jambes. Oui, c'est bien vrai, finit-il par conclure, il a récupéré sa véritable apparence, il est de retour. Tom Razan est à nouveau complet ; son âme et son corps se sont enfin retrouvés, ils ont fusionné pour reformer un tout. Il sent revenir la force dans ses muscles, la vigueur dans ses membres. Il a quitté le corps abîmé et affaibli de Sigmund pour rependre possession du sien, encore sain et valide. Ragaillardi par la jeunesse, Razan est prêt à affronter tous les défis, à surmonter tous les obstacles. Il se sent revivre et n'a pas l'intention de gâcher cette nouvelle chance.

Le jeune homme relève lentement la tête et fixe son regard à celui de Karl Sigmund, derrière lequel il découvre l'âme torturée du prince Kalev de Mannaheim.

— Razan…, souffle simplement Kalev, incrédule.

— Je n'y suis pour rien, mais je ne peux pas dire que ça me déplaît. Un jour ou l'autre, tu devais me rendre ce que tu m'as pris.

Razan éprouve soudain une sensation étrange à la main droite. Il baisse les yeux et constate qu'un anneau est passé à son index. Pourtant, le jeune homme n'a jamais porté aucun bijou, à part le médaillon demi-lune. Cette bague au reflet d'argent est un ajout de Kalev. Razan touche le contour de l'anneau avec l'autre main, et projette de le retirer lorsqu'il se ravise : quelque chose lui dit qu'il doit le porter encore quelque temps.

Lorsqu'il relève les yeux, Razan voit Arihel qui repousse Kalev à l'autre extrémité de la cellule. Le prince traverse l'espace sans toucher terre. Son envol prend fin abruptement lorsqu'il heurte le mur en pierre derrière lui.

Une fois remis du choc, il se relève péniblement. Il pose ses mains sur ses flancs, comme si ses côtes le faisaient souffrir.

— Pourquoi…, murmure-t-il à l'intention d'Arihel. Pourquoi lui avoir redonné son corps ?

— Une âme saine dans un corps sain, répond Arihel, voilà ce que je souhaite pour mon futur époux.

— Alors, c'est pour ça que tu nous as emmenés ici tous les deux ? demande Kalev. Pour procéder à cet échange ?

— Désolée, Kalev, mais je trouve Razan un brin plus séduisant que Karl Sigmund. L'homme qui régnera à mes côtés se doit de posséder un minimum de charisme, tu n'es pas d'accord?

Kalev secoue la tête. Il ne comprend pas son choix.

— Pourquoi ne pas m'avoir choisi? Je suis le prince des hommes et…

— Justement! l'interrompt Arihel. En m'unissant à toi, je mettrais en péril l'avenir du Nordland et de tous les autres territoires. N'est-il pas dit que la victoire du bien sera totale lorsque les deux élus ne feront plus qu'un? Lorsque les médaillons demi-lunes formeront de nouveau un cercle parfait?

— Alors, je suis bien l'élu…, dit Kalev.

— Plus pour très longtemps, rétorque Arihel en s'avançant de façon menaçante en direction du prince.

Elle veut le tuer, se dit Razan. Bien que l'idée lui plaise, il n'est pas question de la laisser faire. Cette union entre Arihel et Kalev est peut-être le seul espoir de l'humanité. Si Kalev meurt, il n'y aura plus aucune chance de vaincre Loki et sa progéniture. Du moins, c'est ce que prétend cette foutue prophétie: afin d'assurer la victoire des forces de la lumière, Arihel et Kalev doivent s'unir, pour ne plus former qu'un seul être. Mais qu'est-ce que ça signifie au juste? Les forces de l'ombre seront balayées de la surface de la Terre le jour où Arihel et Kalev feront l'amour pour la première fois? À moins que ce ne soit à la naissance de leur premier enfant? « La victoire du bien sera totale lorsque les deux élus ne feront plus qu'un. »

Une fois arrivée devant Kalev, Arihel n'hésite pas une seconde : elle le saisit par ses vêtements et l'entraîne brutalement dans un coin. Sa main se referme ensuite sur la gorge du prince qui, privé d'oxygène, commence immédiatement à suffoquer. Elle a prévu l'étrangler, de toute évidence.

— Arielle, arrête ! lui ordonne aussitôt Razan.

La jeune femme lui jette un coup d'œil par-dessus son épaule, sans toutefois relâcher sa prise.

— Ne te mêle pas de ça ! lui conseille-t-elle.

— Qui a dit que j'accepterais de t'épouser ?

— Tu n'as pas le choix.

— Ne préfères-tu pas avoir un compagnon fidèle, qui demeurera à tes côtés ?

Arihel fronce les sourcils. Cette fois, il est parvenu à capter son attention.

— Que veux-tu dire ?

— Je suis prêt à me montrer docile et à accepter toutes tes conditions, si tu me promets de laisser la vie sauve à Kalev.

— Tu feras tout ce que je te dis, sans protester ?

Razan acquiesce en silence.

— Ce n'est pourtant pas le Razan que je connais, réplique Arihel.

— Tu ne connais aucun Razan, affirme le jeune homme. Il n'y a qu'Arielle qui sache réellement qui je suis. Je te le répète : Kalev doit vivre. Si tu mets un terme à sa vie, je mettrai un terme à la mienne.

— Tu n'en as rien à faire, que je tue Kalev ou non. Ce que tu crains, c'est que je prive l'humanité du seul espoir qu'il lui reste. Mais je suis curieuse : depuis quand le sort des hommes t'importe-t-il autant ?

— Les hommes ne m'intéressent pas, répond Razan.

— Alors pourquoi ? Pourquoi essaies-tu de les sauver ?

Razan ne répond pas tout de suite. Il laisse s'écouler quelques secondes, puis dit :

— Parce que c'est ce qu'elle voudrait.

— Qui ? Ta bien-aimée Arielle Queen ? Tu sais qu'elle est morte, non ? Tu ne la reverras plus jamais, Razan. Je t'en fais le serment.

— Tu te trompes. Un jour, je la retrouverai.

— Je ne la laisserai pas revenir. Je préférerais nous tuer toutes les deux.

— C'est elle qui te tuera, déclare Razan avec une conviction inébranlable. Le lien qui nous unit, elle et moi, est plus fort que tout ce que tu peux imaginer. L'amour qui subsiste en elle finira par te gruger de l'intérieur. Il se répandra comme un poison et corrompra tes sens et ta raison. Vous pouvez soumettre l'humanité tout entière si ça vous chante. Vous pouvez la réduire en esclavage et même l'exterminer, mais jamais vous n'arriverez à la priver de la seule chose que les dieux ne lui ont pas enseignée. La seule chose qu'elle a découverte par elle-même.

— Tu parles de l'amour ? Tu es vraiment trop sentimental, Razan. L'amour, c'est pour les faibles…

— Non, la coupe-t-il. L'amour, c'est pour tout le monde. Même pour toi. Personne n'y échappé, et le jour où tu le ressentiras pour moi, j'aurai gagné.

Arihel libère le prince, qui s'effondre aussitôt sur le sol. Secoué d'une violente quinte de toux, il porte les mains à sa gorge. Pendant ce temps, Arihel s'approche de Razan.

— Tu me mets au défi ? lui dit-elle.

— Épouse-moi et tu verras. Alors, tu acceptes mes conditions ?

— Tu ne manques pas de culot, Tom Razan !

— Attends, tu n'as pas tout entendu. Je souhaite non seulement que tu épargnes Kalev, mais également que tu le libères. Vois ça comme mon premier cadeau de mariage.

— Le libérer ? Ça, jamais !

— C'est pourtant ce que tu devras faire si tu souhaites obtenir mon entière collaboration. Tu veux des enfants, non ? Crois-tu sérieusement pouvoir me forcer à coucher avec toi ? L'amour, c'est tellement mieux quand chacun des partenaires est consentant.

— Loki n'autorisera jamais sa libération, soutient Arihel.

— Depuis quand laisses-tu ton père décider pour toi ?

Arihel sourit. Elle sait ce qu'il espère.

— Je ne me laisse pas manipuler aussi facilement, Razan.

— Je sais.

Tous les deux s'observent pendant encore quelques instants, puis Arihel décide de quitter la cellule et de se diriger vers la porte donnant sur l'extérieur de la tour. Une fois la porte ouverte, elle commande au général Ricoh et aux deux gardes alters de revenir. Elle les conduit ensuite jusqu'à la cellule et leur indique Kalev, qui se trouve toujours accroupi par terre.

— Ramenez-le sur le continent, ordonne-t-elle aux trois alters.

— Madame? fait Ricoh, qui est certain d'avoir mal entendu.

— Il est libre, dit Arihel. Prenez l'hélicoptère et déposez-le quelque part en Bretagne.

— Mais…

— Je ne le répéterai pas, général.

Le ton d'Arihel est empreint de menace, et Ricoh n'est pas le seul à le remarquer.

— Bien, madame! À vos ordres, madame!

Ricoh et les deux gardes écartent Razan avant de filer droit vers Kalev, d'un pas vif et décidé, comme s'il en allait de leur vie. Ce qui n'est pas loin de la vérité, se dit Razan en jetant un coup d'œil vers Arihel. Les alters obligent le prince à se relever, puis l'escortent rapidement à l'extérieur.

— Voilà, fait Arihel en s'adressant à Razan. Satisfait?

Razan approuve d'un signe de tête, mais ajoute:

— J'aurai évidemment besoin d'une preuve qu'il est arrivé sain et sauf en Bretagne. Il ne faudrait pas qu'il soit victime d'un malencontreux accident pendant le voyage, tu comprends?

— Je comprends tout à fait, répond Arihel. Cette preuve, tu l'auras.

29

Hélène venait à peine de rentrer chez elle lorsque son téléphone portable se mit à sonner. Elle posa son bagage sur le canapé du salon et s'empressa de répondre. L'afficheur indiquait le nom de Blane Lanyon, qui agissait à titre de secrétaire particulier de Laurent Cardin, son patron.

— Hélène à l'appareil, dit-elle.

— Hélène, vous êtes de retour ? fit la voix de Lanyon.

— Je viens tout juste de rentrer à New York.

— Parfait ! Parfait ! se réjouit le secrétaire. Écoutez, je suis tout à fait conscient que c'est Noël aujourd'hui, mais j'aurais une faveur à vous demander.

— Allez-y.

— Anthony revient d'Italie ce soir par le vol de 19 h, et monsieur Cardin aimerait que vous alliez le prendre à l'aéroport et que vous le conduisiez à la villa de Keyport. C'est possible ? Il y aura une prime pour vous si vous acceptez.

Hélène aurait accepté même s'il ne lui avait pas proposé de prime. Elle l'aurait même fait gratuitement. Revoir Anthony, c'était exactement ce dont elle avait besoin en ce moment.

— Aucun problème, monsieur Lanyon, lui répondit-elle.

— Merci, Hélène ! Merci beaucoup ! Monsieur Cardin en sera très heureux !

Après avoir mis un terme à la communication, Hélène se dévêtit et alla prendre une longue douche chaude. Elle mangea ensuite un bol de céréales, s'habilla, puis se mit à la recherche des bouteilles d'alcool qu'elle gardait dans son appartement. Une à une, elle les jeta dans un sac à ordures et alla déposer le tout, à l'extérieur, dans le conteneur à déchets.

À son retour, elle reçut un autre appel. C'était Sandy.

— Alors, ce voyage en Géorgie, ça t'a fait du bien ?

— Pour te dire la vérité, je ne sais pas.

— Tu t'es reposée au moins ?

— Pas vraiment, lui avoua Hélène.

— Ce n'était pas ce que tu étais censée faire ?

— Oui, oui.

Il y eut un court silence, puis Sandy reprit la parole :

— Hélène, ça va ? Tu me parais bizarre.

— Ça va bien, Sandy. Je… J'ai beaucoup réfléchi là-bas.

— Réfléchi à quoi?

— Eh bien, à moi. À ma vie, à ce que je veux en faire.

— Mon Dieu! s'exclame Sandy. Ne me dis pas que tu veux entrer chez les sœurs?

— Quoi? Mais qu'est-ce que tu racontes?

— Je me méfie des remises en question. Il y a toujours un truc spirituel qui se rattache à ça et qui vient tout embrouiller.

— T'inquiète pas, je n'ai pas été touchée par la grâce divine. Je ne vais pas me rendre à l'église tous les dimanches, si c'est ce que tu crains.

— Alors quoi?

Hélène soupira.

— Je dois me reprendre en main, c'est tout.

— Je n'aime pas t'entendre parler comme ça. Allez, je passe prendre une bouteille et j'arrive. On en discutera face à face.

— Non, pas aujourd'hui, Sandy.

— Hein?

— Je travaille ce soir.

— Ce soir? Mais c'est Noël!

— Anthony revient à New York et je dois le conduire chez ses parents.

— Aaaah, d'accord. Je comprends tout maintenant. Le prince charmant est de retour!

— Ne dis pas ça.

— C'est la vérité ou non?

— Sandy, j'ai simplement réalisé que ma vie… ma vie est plus importante que je ne le croyais.

Sandy insista pour qu'elles se voient toutes les deux après son boulot, mais Hélène refusa.

Elle conseilla plutôt à son amie d'aller passer Noël avec sa fille, mais Sandy balaya cette idée du revers de la main. Frank avait peut-être raison, après tout : à force de l'entraîner dans ses bringues, Hélène avait fait de Sandy une alcoolique. Mais devenait-on alcoolique ou l'était-on, tout simplement ?

Une fois leur conversation terminée, Hélène décida d'emballer le petit cadeau de Noël qu'elle avait acheté pour Anthony. Elle n'avait aucune idée de ce qui pourrait lui faire plaisir, étant donné qu'il avait tout ce qu'il désirait. Elle avait néanmoins choisi une montre à l'effigie de Marlon Brando, qu'elle avait dénichée dans une bijouterie de la 5e Avenue. Ce n'était pas de très bon goût, mais cela aurait au moins le mérite de le faire rire. Anthony admirait Brando, surtout pour ses premiers rôles au cinéma, mais la crainte de finir aussi obèse que lui ne cessait de le tarauder. « Arrête de t'empiffrer autant, lui disait parfois Hélène pour le taquiner, tu vas finir comme Brando ! »

Le reste de la journée, elle le passa à l'extérieur, à admirer les décorations de Noël qui illuminaient les plus grandes artères de New York. Elle s'arrêta devant le grand sapin du Rockefeller Center et se rappela ses Noëls d'enfance. À la fois nostalgique et émotive, elle se promit d'avouer son amour à Anthony dès ce soir-là. *Il n'y a pas de temps à perdre*, se dit-elle en caressant le paquet qui contenait la montre, au fond de sa poche. *Il n'est jamais trop tôt pour l'amour, car c'est ce qui nous sauvera tous, et peut-être moi la première.*

Elle arriva en avance à l'aéroport, de façon à pouvoir accueillir Anthony à sa sortie des douanes. Elle le repéra facilement parmi la foule de voyageurs. Il était grand, bronzé et portait toujours le même imperméable noir. Il sourit lorsqu'il aperçut Hélène. Ils marchèrent l'un vers l'autre et se rencontrèrent au centre du hall public.

— J'espérais que ce soit toi, dit Anthony.

Hélène acquiesça, tout en souriant.

— Le voyage s'est bien passé ? lui demanda-t-elle.

— Plutôt long, admit Anthony.

— Tu es fatigué ?

— Plus maintenant.

Hélène fouilla dans la poche de son manteau et sortit la montre, joliment emballée dans du papier argenté.

— C'est pour moi ? fit Anthony. Un cadeau ?

— C'est tout ce que j'ai pu trouver. Joyeux Noël.

— Non, attends, la pria Anthony. Tu me le donneras à la maison. J'ai aussi un petit quelque chose pour toi.

— À la maison ?

— Cette année, tu célébreras Noël à la villa des Cardin. Qu'en dis-tu ?

— Non, je ne peux pas…

— Bien sûr que tu peux.

— Mais je suis l'employée de ton père et…

— C'est déjà réglé, la coupa Anthony. Je lui ai parlé avant de quitter l'Italie. C'est pour cette raison qu'il t'a demandé de venir me chercher. Il nous attend.

Fêter Noël chez les Cardin, songea Hélène, *avec Anthony et sa famille…* C'était encore mieux que tout ce qu'elle avait pu espérer.

30

*Razan accompagne Kalev ainsi
que son escorte jusqu'à l'hélicoptère,
afin de s'assurer qu'Arihel tiendra
sa promesse et le renverra en Bretagne.*

Ricoh ouvre la porte de la cabine pendant que les deux gardes forcent Kalev à avancer vers l'appareil. Avant de monter dans l'hélicoptère, Kalev se tourne vers Razan.

— Tu te crois malin, n'est-ce pas?

— Tu pourrais te montrer un peu plus reconnaissant, Kal, lui lance Razan. Je t'ai sauvé la vie, après tout, non?

— Tu ne l'as pas fait pour moi.

— Et alors? Ça importe vraiment?

Kalev lui jette un regard meurtrier.

— On se reverra, tu peux compter sur moi.

Les gardes poussent Kalev vers le marchepied. Il se hisse dans la cabine et s'installe sur l'une des banquettes. Razan vérifie que le prince se trouve vraiment seul à l'intérieur avant de donner son assentiment à Ricoh.

— Il arrivera à bon port ? s'enquiert Razan.

— C'est ce que souhaite notre maîtresse, confirme le général.

Une fois la porte refermée, Ricoh fait signe au pilote que son chargement est complet et qu'il peut décoller. Peu après que l'appareil a rejoint les airs, Razan voit apparaître deux silhouettes à l'autre extrémité du stationnement : Fenrir et Jörmungand. Armés de leur épée fantôme, ils accourent en toute hâte vers Razan et les trois alters. *Oh, ça ne me dit rien qui vaille*, songe Razan en constatant que les deux fils de Loki n'ont pas l'air de très bonne humeur.

Voyant que Fenrir et Jörmungand sont sur le point de leur tomber dessus, Ricoh et les deux gardes dégainent nerveusement leur épée fantôme et se préparent au combat. Aucun d'entre eux ne souhaite réellement se mesurer aux fils de leur maître, qu'ils savent habiles et puissants, mais tout au moins leur faudra-t-il se défendre.

— Et moi ? fait Razan en exhibant ses deux mains vides, non armées.

Mais la réponse ne vient pas. Fenrir et Jörmungand se sont rapprochés d'eux beaucoup plus rapidement que Razan ne l'avait prévu. Le jeune homme a à peine le temps de se retourner que Fenrir le frappe au visage avec la garde de son épée. Razan s'écroule au sol, étourdi, mais demeure suffisamment alerte pour voir Fenrir se ruer sur Ricoh. Le général alter parvient à esquiver la première attaque, mais pas la seconde. L'épée de Fenrir le transperce de bord en bord. Quant aux deux gardes, ils sont éliminés l'un après l'autre par Jörmungand, qui se montre un habile escrimeur. Razan se doute bien qu'il est le prochain sur la liste. Étendu par terre, il tend la main vers l'épée de Ricoh, qu'il a espoir de récupérer, mais Fenrir s'empresse d'éloigner l'arme d'un coup de pied.

— Saleté d'humain! grogne Fenrir en se rapprochant de Razan.

L'épée bien en main, impatient de s'en servir de nouveau, Jörmungand s'avance lui aussi. Les deux frères dominent à présent Razan de toute leur stature.

— C'est terminé pour toi, lui dit Jörmungand.

— Déjà? parvient à articuler Razan, malgré sa mâchoire qui le fait souffrir.

— Inutile de faire le bouffon, le prévient Fenrir. Ça n'aidera pas ta cause.

Razan se met à rire, mais la douleur l'oblige à s'interrompre.

— Pourquoi rigoles-tu comme ça, pauvre idiot?

— Laisse tomber, Fenrir, lui conseille Jörmungand. Réglons-lui plutôt son compte, nous avons déjà trop attendu.

Razan est pris d'un autre fou rire. Cette fois, c'en est trop pour Fenrir, qui lève son épée fantôme et se prépare à l'abattre sur le jeune homme.

— Vous… Vous faites vraiment la paire, tous les deux, déclare soudain Razan entre deux accès de rire. Le loup et le serpent… Fenrir et Jörmungand. Jamais entendu des noms aussi grotesques! Nom de Dieu, mais qui a pensé à vous appeler comme ça? fait-il avant de s'esclaffer de nouveau.

— Et Razan, c'est beaucoup mieux? crache Jörmungand. Il essaie de gagner du temps. Allons, finissons-en. Le plus tôt sera le mieux.

Fenrir ne se fait pas prier. Les mains sur son épée, il amorce son mouvement vers le bas. La lame a presque atteint la poitrine de Razan lorsque l'épée lui est arrachée furtivement des mains. Une ombre se glisse ensuite entre lui et son frère. Jörmungand est désarmé à son tour par celle-ci, puis est repoussé à plusieurs mètres de distance. Fenrir tente d'immobiliser le mystérieux agresseur, mais n'est pas assez rapide. Il est à son tour projeté vers l'arrière et retombe tout près de son frère. Tous les deux reposent sur le sol, encore sonnés et surpris par l'assaut dont ils ont été victimes, assaut qui a permis d'épargner *in extremis* la vie de Razan. Une seule personne a à la fois la puissance et les motivations pour lancer une telle attaque.

— Arihel…, souffle Fenrir en voyant sa sœur s'agenouiller auprès de Razan.

Les deux frères n'en croient pas leurs yeux.

— Mais tu es folle ou quoi? s'exclame Jörmungand.

La jeune femme aide Razan à se remettre sur ses jambes.

— Cet homme est mon futur époux, leur rappelle-t-elle. Vous pensiez sérieusement que j'allais vous laisser le taillader en petits morceaux?

Fenrir et Jörmungand se relèvent.

— C'est père qui nous a donné l'ordre de le tuer, dit Fenrir après avoir ramassé son épée. Il ne te pardonnera jamais d'avoir laissé Kalev s'enfuir.

— Je ne l'ai pas laissé s'enfuir, le corrige Arihel, je l'ai libéré.

— Mais pourquoi as-tu fait ça ? demande Jörmungand. Tu tiens à ce point à t'attirer les foudres de Loki ? Ces actes de désobéissance finiront par te coûter cher, ma sœur. La patience de notre père a ses limites.

— Ne t'inquiète pas pour moi, répond simplement Arihel. Je suis sa préférée.

Razan et elle s'éloignent des deux frères et retournent vers le château.

— Merci, lui dit Razan alors qu'ils franchissent le stationnement.

— Ne me remercie pas trop vite, mon cher. Si je t'ai sauvé, c'est pour mieux te tourmenter ensuite.

— Me tourmenter ? s'étonne Razan.

— Tu crois te marier avec moi pour le meilleur ? À mon avis, ce sera surtout pour le pire.

— Je m'en doutais un peu, tu vois.

— Tu n'as encore rien vu, Razan. J'ai accepté tes conditions, maintenant tu es à moi.

On verra bien, se dit Razan.

31

Une fois la barrière ouverte, la limousine franchit le portail, puis roula lentement sur le chemin bordé de grands chênes qui menait à la villa des Cardin. Hélène arrêta la voiture sur l'esplanade, devant le grand escalier. Sa casquette de chauffeur bien enfoncée sur sa tête, elle se tourna vers Anthony, assis côté passager, plutôt qu'à l'arrière.

— Je ne suis vraiment pas certaine que ce soit une bonne idée, lui dit-elle pour la énième fois.

— Fais-moi confiance, la pria ce dernier. Tout ira bien.

— Tu as vu les vêtements que je porte? dit-elle en désignant sa cravate et son costume trois-pièces noir. On ne va pas à une fête de Noël habillé en chauffeur. Toute ta famille sera là!

— Et alors ? Lisa te prêtera une de ses robes. Allez, viens, sinon je t'y emmène de force.

— Ta sœur est là ?

— Elle est revenue de France la semaine dernière, l'informa Anthony. Avec son petit copain, paraît-il. Je ne l'ai encore jamais rencontré, mais à voir la façon dont mon père parle de lui, il ne semble pas très… sympathique.

Tous les deux sortirent de la limousine et montèrent ensemble le large escalier de marbre qui conduisait à l'entrée principale. Anthony sonna à la porte, ce qui surprit Hélène. *Pourquoi n'entre-t-il pas, tout simplement ?* se demanda-t-elle. Un domestique vint leur ouvrir. Petit, les cheveux blancs, il portait un costume noir semblable à celui dont était vêtue Hélène. *Tiens, un autre qui travaille le jour de Noël,* se dit-elle.

— Monsieur Anthony, quel plaisir de vous revoir ! déclara le domestique avec une joie non feinte.

— Joyeux Noël, Philippe ! répondit Anthony. Voici Hélène, une amie, ajouta-t-il en se tournant vers la jeune femme.

— Bonsoir, mademoiselle Hélène. Alors, vous allez passer la fête de Noël avec nous ?

Hélène sourit maladroitement.

— Ça m'en a tout l'air, fit-elle, un peu mal à l'aise.

— Entrez, mais entrez donc, les pressa Philippe. Monsieur Cardin est impatient de vous voir !

En bon gentleman, Anthony s'écarta afin qu'Hélène puisse entrer la première. Il la suivit à l'intérieur, puis le domestique referma la porte derrière eux.

Hélène fut immédiatement frappée par la somptuosité de la villa : le hall et l'escalier central étaient immenses. Les murs et l'espace étaient richement décorés, comme, sans doute, le reste de la maison. Il se dégageait de cet endroit un sentiment de toute-puissance. Les gens qui habitaient ici avaient énormément d'argent, certes, mais détenaient surtout beaucoup de pouvoir et d'influence. Ils faisaient partie d'une classe à part, celle des « grands de ce monde ». Ils vivaient dans le luxe et ne s'étaient jamais privés de la moindre extravagance. Même si elle était son chauffeur, Hélène n'avait eu que très peu de discussions avec Laurent Cardin. Elle ne le connaissait pas très bien et redouta, pendant un instant, de tomber sur un riche excentrique. Un homme distingué, mais un peu bizarre, qui se vantait sans cesse de sa réussite professionnelle et sociale, tout en y ajoutant un grain de fausse modestie. Un seul regard vers Anthony lui permit de comprendre qu'elle se trompait ; un jeune homme aussi bien ne pouvait avoir été éduqué par un semblable individu.

— Ils sont tous réunis dans le grand salon, dit Philippe en accélérant le pas.

Le domestique contourna les deux jeunes gens, puis les devança afin de les escorter vers ladite pièce. *Puisqu'il a grandi ici, Anthony pourrait certainement s'en charger*, songea Hélène, mais Philippe semblait prendre son rôle très au sérieux. Sans doute était-il au service des Cardin depuis plusieurs années déjà.

Dès leur entrée dans le grand salon, ils furent accueillis par leur hôte. Laurent Cardin s'avança, le sourire aux lèvres. Il serra tout d'abord son fils dans ses bras, puis salua chaleureusement Hélène.

— Je suis heureux que vous ayez accepté notre invitation, chère Hélène.

— Tout le plaisir est pour moi, monsieur.

Les autres invités se regroupèrent autour d'eux. Blane Lanyon, le secrétaire de Cardin, et sa femme Edith furent les premiers à leur souhaiter un joyeux Noël. Vint ensuite le tour de Lisa, la sœur d'Anthony, et de son nouveau fiancé, un grand type à la mine austère qu'elle présenta comme le célèbre auteur Jack Saddington.

Célèbre auteur ? se répéta Hélène en examinant les traits de l'homme. Ce nom et ce visage ne lui disaient absolument rien. *Auteur, peut-être, mais célèbre, ça, j'en doute.*

— Comment vas-tu, Hélène ? s'enquit Lisa. Je suis bien contente que tu sois avec nous ce soir. N'est-ce pas, Jack ? fit-elle en se tournant vers son fiancé.

Ce dernier se contenta de hocher la tête. Hélène baissa les yeux un bref instant, juste assez pour remarquer une marque de brûlure sur le poignet de l'homme. Une marque en forme de poignard. *Bizarre*, se dit-elle, mais elle renonça bien vite à y réfléchir davantage.

— Tu souhaites probablement te changer, n'est-ce pas ? dit Lisa en désignant l'uniforme de chauffeur que portait Hélène. J'ai préparé quelques robes pour toi. Elles sont dans ma chambre.

— Merci, Lisa. C'est très gentil de ta part.

Lisa et Jack Saddington les laissèrent saluer le couple suivant. Hélène reconnut Karl Sigmund, l'associé de Laurent Cardin, et sa femme Janet. Il arrivait parfois à Hélène de prendre monsieur Sigmund dans sa limousine et de le conduire à l'aéroport. Une fois, il lui avait même parlé de sa femme, Janet Jacob, la fille du sénateur démocrate John Jacob, mais c'était la toute première fois qu'Hélène la rencontrait.

— Enchanté de vous revoir, Hélène, lui dit Sigmund.

Ils se serrèrent la main, échangèrent des vœux, puis Anthony insista pour que sa sœur conduise Hélène à l'étage, là où se trouvaient les chambres.

— Tu lui prêtes ta plus belle robe, hein ?

— Ne t'inquiète pas, frérot, le rassura Lisa. Ta chère Hélène n'aura jamais été aussi jolie, tu peux me croire !

— Je la trouve parfaite comme elle est, répondit Anthony.

— Eh bien, c'est tout à ton honneur, Tony, le félicita Lisa.

— C'est moi qui ai insisté pour porter autre chose, avoua candidement Hélène.

Lisa se mit à rire :

— Alors tu ne seras pas déçue. Viens.

Les deux femmes passèrent plus de quarante-cinq minutes à l'étage, mais lorsqu'elles redescendirent, Laurent Cardin glissa à l'oreille de son fils que l'attente en valait la peine. Anthony, qui leur faisait dos, se retourna. Lorsqu'il vit Hélène à l'entrée du salon, il en eut le souffle coupé. Elle était sublime. La jeune femme portait une magnifique robe princesse noire. Le vêtement moulait ses formes, mais d'une façon gracieuse, élégante. Ses cheveux bouclés étaient défaits et tombaient sur ses épaules. À son cou brillait un collier de petites perles.

— Tu es… Tu es…

Anthony n'arrivait plus à formuler sa pensée. Il était à court de mots.

— Je suis quoi? demanda Hélène, qui commençait à s'inquiéter.

Elle n'aurait pas dû, cependant, car juste à son air, on devinait que le jeune homme était entièrement séduit. Il était sous le charme, et personne, à part Hélène, n'en doutait.

— Tu es tellement belle…, réussit à articuler Anthony.

À la fois soulagée et ravie, Hélène le gratifia d'un sourire. Le plus beau sourire qu'il eût jamais vu de toute sa vie.

32

De retour au château, Arihel
et Razan sont dûment convoqués
par Loki et Angerboda.

— On aura droit à la fessée, tu crois? demande Razan.

Arihel ne répond pas. Elle force Razan à marcher plus vite, et tous deux accompagnent les gardes alters jusqu'à la salle du trône.

— Vous saviez que le château de Castle Rushen est d'origine scandinave? leur dit Loki alors qu'ils y font leur entrée.

Arihel et Razan s'avancent lentement vers l'estrade sur laquelle se tiennent Loki et sa maîtresse. Le dieu du mal est confortablement installé sur le trône d'Arihel, tandis qu'Angerboda se tient debout à sa droite. Sourire en coin, la sorcière fixe Arihel avec un air de défi: «Tu ne peux plus rien contre moi. Loki me protège dorénavant», semble dire son regard noir et perçant.

— Que veux-tu, père? demande Arihel.

— Les Vikings étaient de grands conquérants. Mais comme cela se produit dans l'histoire de toutes les grandes civilisations, ils sont devenus paresseux. Ils se sont endormis sur leurs lauriers, ont été corrompus par le pouvoir, pour ensuite être vaincus à leur tour par des adversaires encore plus puissants et plus féroces. Ils ont fini par disparaître, ne laissant que des vestiges de leur empire. La férocité, Arihel, c'est ce qui nous a permis de conquérir ce monde, mais c'est aussi ce qui nous permettra de le garder sous notre contrôle. Il faut se montrer impitoyable. La race humaine a abdiqué, elle a rendu les armes. Nous régnons en maître sur tous les territoires à présent. Nombre de ceux-ci ont été entièrement dévastés par nos attaques nucléaires, chimiques et biologiques, et demeureront inhabitables pendant encore de longues années. C'est un prix lourd à payer, je te l'accorde, mais je reste convaincu que c'était l'unique stratégie à adopter. Nous leur avons fait peur, Arihel. Ils étaient terrifiés à l'idée que cette guerre anéantisse leur monde, alors ils nous l'ont offert sur un plateau d'argent. Ce royaume est à nous désormais. Les humains qui ont survécu nous serviront d'esclaves, et plus que jamais nous devrons faire preuve de férocité à leur endroit. Il faudra se montrer sans pitié, afin d'entretenir la peur.

— C'est une grande nouvelle, père, déclare Arihel sans grand enthousiasme.

— En effet, ma fille.

— Faut-il craindre la résistance ?

La question provoque un grand éclat de rire chez Loki.

— Il n'y a plus aucune forme de résistance ! s'exclame-t-il avec une intense jubilation. Elle a été éradiquée ! Plus personne ne peut s'opposer à nous. C'est terminé.

Les humains ont rendu les armes, songe Razan avec amertume. *Et d'après ce que m'a confié Kalev dans l'hélicoptère, les fulgurs ont tous été tués. Il ne reste plus personne pour s'opposer à ce fou furieux et à sa bande de dégénérés. Cette fois, c'est peut-être vraiment la fin.*

Loki quitte le trône et descend l'estrade afin de se rapprocher d'Arihel et de son compagnon. Il les fixe pendant un moment, avant de s'adresser une nouvelle fois à sa fille :

— Le seul être qui puisse encore menacer notre règne, tu l'as laissé s'échapper.

— Père, je…

Mais Loki n'a pas l'intention d'entendre ses protestations. Il la gifle si fort que la jeune femme en perd l'équilibre et s'effondre sur le sol. D'instinct, Razan se place entre elle et Loki. Son but n'est pas de protéger sa future épouse contre la colère de son père, mais plutôt d'empêcher ce dernier de malmener une nouvelle fois le corps de sa véritable amoureuse, Arielle Queen.

— Tu crois pouvoir te mesurer à moi, Razan ? lui demande Loki.

— Non, pas du tout.

— Alors écarte-toi.

— Je ne peux pas, dit Razan en soutenant son regard.

— Tu ne me laisses pas le choix, mon ami. Je vais être obligé de te tuer.

— Je ne suis pas votre ami.

— En effet…

Loki pose sa main sur l'épaule de Razan. L'effet est instantané : le jeune homme se sent traversé d'une puissante énergie, qui se répand dans tous ses membres. Il ne ressent rien au début, mais la douleur ne tarde pas à se manifester. La sensation est atroce. C'est comme s'il avait été frappé par la foudre et brûlait de l'intérieur. Razan pousse un hurlement tout en essayant de s'éloigner de Loki, mais il en est incapable. C'est au moment où il croit perdre connaissance que Loki le libère enfin. Razan tombe à genoux. Son corps est secoué de spasmes et il tente l'impossible pour ne pas vomir ; le voir ainsi procurerait une trop grande satisfaction à Loki.

— Attendez, père…, dit Arihel en se relevant.

— Tu n'épouseras pas cet homme, la prévient Loki.

— Nous avons gagné. Vous l'avez dit vous-même : c'est terminé. Alors qu'est-ce que ça change maintenant ?

— Tu devais épouser Sidero ! répond Loki.

— Pourquoi ?

— Parce que j'en avais décidé ainsi !

— Sidero est mort, réplique Arihel. Mais Razan est vivant.

— Tu sais qui d'autre devrait être mort ? Kalev de Mannaheim ! Mais tu l'as aidé à s'enfuir !

— Ne me dites pas que vous croyez réellement à cette stupide prophétie ? Mais que craignez-vous donc ? Qu'il s'unisse à moi un jour ou l'autre ? Voyons, père, c'est impossible.

— Il y avait une manière très simple de s'en assurer : le tuer ! Désormais, la seule façon d'être certain que vos chemins ne se croiseront plus, c'est de…

— C'est de me tuer, moi, n'est-ce pas ? complète Arihel.

Loki acquiesce :

— Tu as vu juste, ma fille.

— Vous n'irez pas jusque-là, affirme-t-elle aussitôt.

Angerboda quitte à son tour l'estrade et vient prendre place aux côtés de Loki.

— Quelle impudente tu fais ! dit-elle à sa belle-fille. Tu mérites d'être punie, et la mort me semble être un châtiment tout à fait approprié !

Razan se porte mieux à présent. Les spasmes ont cessé, et il reprend peu à peu le contrôle de son corps, au point de pouvoir se relever.

— C'est ma faute, réussit-il à articuler. C'est moi qui ai demandé à Arihel de libérer Kalev.

— Alors, ça ne fait qu'aggraver son cas ! réplique Angerboda. Cette petite idiote t'a obéi, ce qui la rend d'autant plus dangereuse. Notre décision est prise : vous mourrez tous les deux ! Conduisez-les à l'échafaud ! ordonne la sorcière en s'adressant aux gardes alters qui viennent de pénétrer dans la salle.

À la tête des gardes se trouvent Fenrir et Jörmungand. Ils se chargent aussitôt d'emmener Arihel, tandis que les alters saisissent Razan.

— Père, tu ne peux pas faire ça ! s'écrie Arihel alors que ses deux frères l'entraînent vers l'extérieur.

Loki demeure silencieux. Angerboda se tourne vers lui et pose sa main sur son bras pour lui démontrer son soutien.

— C'était la seule chose à faire, mon amour, lui murmure-t-elle à l'oreille.

33

La soirée se passa beaucoup mieux que prévu. Une fois la retenue des premiers moments dissipée, Hélène se mêla aisément aux conversations. Elle eut droit à un accueil chaleureux de la part des Cardin et de leurs amis. Jack Saddington, le compagnon de Lisa, fut le seul qui se montra réellement distant. Il n'était pas froid qu'avec elle ; peu bavard, il préférait la compagnie de Lisa à celle des autres invités et demeurait à ses côtés en tout temps.

— Un peu bizarre, ce gars-là, n'est-ce pas ? dit Laurent Cardin à Hélène alors que tous les deux se servaient au buffet.

Elle se contenta de sourire. Elle se voyait mal critiquer le nouvel amoureux de Lisa. Cardin y alla d'une autre question :

— Vous vous amusez ?

— Bien sûr, répondit Hélène avant d'enfourner un amuse-gueule.

— Anthony vous aime bien, vous le saviez ?

— Il est très gentil.

— Gentil, mais un peu… frivole.

Hélène s'étonna de ses propos. Pourquoi parlait-il de son fils en ces termes ? Que tentait-il de faire, la décourager de le fréquenter ?

— Monsieur Cardin…

— Appelez-moi Laurent.

— Laurent, écoutez…

Elle marqua un temps, puis se reprit :

— Je… J'aime bien Anthony, moi aussi, avoua-t-elle avec une nervosité palpable. C'est un garçon charmant et très attentionné, et je…

Cardin secoua la tête.

— Il ne pourra pas vous accompagner.

— M'accompagner ?

— Là où vous irez. Il n'ira pas avec vous.

Hélène déposa son assiette sur la table.

— Que voulez-vous dire ?

Cardin la prit par le coude et l'entraîna à l'écart, dans une petite pièce attenante au grand salon.

— Le notaire Bishop vous a contactée ?

Une fois de plus, Hélène demeura interdite.

— Mais… comment savez-vous…

— C'est grâce à moi s'il a pu retrouver votre trace, lui révéla Cardin. Je ne vous ai pas embauchée pour rien, Hélène. Je savais qui vous étiez.

La jeune femme sentit une sourde colère monter en elle.

— Et qui suis-je ?

— Une personne très importante.

Cardin l'abandonna un bref instant, le temps de réapparaître dans le grand salon et de faire signe à Karl Sigmund et Blane Lanyon. Les deux hommes s'excusèrent auprès de leurs interlocuteurs, puis se joignirent à Hélène et Cardin dans la petite pièce.

— Alors, c'est bien vous ? fit Sigmund. Vous êtes la Messagère ?

Elle hésita. Comment se faisait-il que tous ces hommes fussent au courant ?

— Certaines personnes semblent le croire, effectivement, répondit Hélène.

— Pas vous ? fit Blane Lanyon, le secrétaire de Cardin.

Elle haussa les épaules.

— Je ne sais pas.

— Bien sûr que vous savez, rétorqua Cardin. Allez, venez, chère Hélène, nous avons quelque chose à vous montrer.

Cardin prit la tête du groupe. Ils quittèrent la pièce pour une autre, encore plus petite. À l'intérieur de celle-ci, une unique porte, que Cardin s'empressa de déverrouiller. Il invita ensuite ses compagnons à le suivre. Une fois la porte franchie, la femme et les trois hommes s'enfoncèrent dans un étroit couloir qui semblait conduire à une partie isolée de la villa. Au bout du couloir, Hélène découvrit un escalier.

— Il mène à la cave, lui expliqua son patron.

Les hommes la précédèrent dans l'escalier et attendirent qu'Hélène les eût rejoints avant de continuer.

Ils s'arrêtèrent face à une autre porte, beaucoup plus imposante celle-là. Un code permettait de la déverrouiller. Cardin tapa rapidement celui-ci sur un petit clavier numérique, à la suite de quoi la porte s'ouvrit d'elle-même. Après avoir franchi un autre couloir, ils arrivèrent enfin à destination.

Il s'agissait d'un vaste espace en béton, dénué de tout ameublement. L'éclairage était assuré par une demi-douzaine de néons suspendus au plafond. Quatre larges panneaux vitrés étaient visibles sur le mur de droite, et c'est vers cet endroit que Cardin les enjoignit de se diriger. Derrière chaque vitre se trouvait une espèce de loge, minuscule. Chacune contenait un petit lit ainsi qu'une cuvette de toilette.

— Des cellules…, murmura Hélène pour elle-même.

Les trois premières étaient inoccupées. Dans la quatrième, elle découvrit un homme de petite taille. Vêtu d'un long imperméable en cuir, il se tenait debout et fixait ses visiteurs avec un regard mauvais. Hélène avait la désagréable impression de se trouver au zoo, en train d'observer un animal en cage.

— Qui est-ce ? demanda-t-elle.

— Trebor 28, répondit froidement Cardin.

— Une saleté d'alter, ajouta Karl Sigmund pour le bénéfice d'Hélène. Le nom de sa personnalité primaire est Robert Sandham. Pour s'identifier, les alters utilisent le prénom de l'être humain dans le corps duquel ils s'incarnent, mais épelé à l'envers. Comme il y a plus d'un Robert possédé par ces démons, nous avons attribué à celui-là le numéro vingt-huit.

Hélène se rapprocha de la vitre et examina le petit homme avec davantage d'attention.

— Vous voulez dire qu'il n'est pas… humain ?

— Son corps l'est, expliqua Cardin. Mais pas son esprit.

— Pourquoi le retenez-vous prisonnier ici ?

— Parce qu'il est dangereux, répondit Sigmund.

Hélène se rappela alors les explications de Bishop : « Votre patron, Laurent Cardin, combat cette organisation depuis plusieurs décennies déjà. Les alters se sont infiltrés partout, dans toutes les sphères du pouvoir, et pas uniquement ici, aux États-Unis, mais dans tous les pays. Leur objectif : éliminer les elfes noirs et prendre le contrôle de notre monde. »

— Ce spécimen appartient à la classe des limiers, ajouta Cardin. Ils sont peu nombreux, mais redoutables. Ils ont été créés dans le but d'effectuer une seule et unique tâche, contrairement à la majorité des autres alters, et sont prêts à tout pour y parvenir. Ils ne s'arrêtent qu'une fois leur mission achevée.

— Quelle est la mission de celui-là ? demanda Hélène.

Cardin soupira, puis se tourna vers la jeune femme.

— Il doit assassiner les deux élus. La jeune Arielle Queen, celle à qui tu devras un jour transmettre le message, est l'une de ceux-là.

— Et l'autre élu, qui est-ce ?

— Nous ne le savons pas encore, lui révéla Sigmund.

Elle perçut soudain un mouvement sur sa gauche. Blane Lanyon s'était éloigné d'eux. Elle se tourna dans la direction du secrétaire au moment même où il sortait une arme de sa poche et la pointait lentement vers Hélène.

— J'en étais venu à croire que jamais vous ne me conduiriez dans votre cave secrète, dit-il, visiblement à l'intention de Laurent Cardin.

Sigmund et ce dernier se retournèrent à leur tour.

— Lanyon ? fit Cardin, surpris. Mais qu'est-ce que vous fabriquez avec ce pistolet ?

Un large sourire se dessina sur les traits du secrétaire.

— Allez, Laurent, libérez-le ! ordonna-t-il en désignant l'homme qui se trouvait derrière la vitre.

— Vous ? Un sympathisant alter ? Je n'y crois pas !

— Je ne sympathise avec personne, répondit Lanyon, seulement avec l'argent. Et les alters paient très bien, beaucoup mieux que vous, mon cher Laurent !

— Espèce de sale traître ! lâcha Sigmund.

— LIBÉREZ-LE ! cria cette fois Lanyon.

— Je ne peux pas faire ça, Blane, lui dit Cardin, et vous le savez très bien.

— Ouvrez ce foutu panneau ! Si vous vous entêtez, je tue la fille !

Cardin jeta un coup d'œil vers Hélène, puis revint à Lanyon.

— D'accord…, dit-il après avoir soupesé les enjeux.

— Laurent, non ! le supplia Sigmund.

Mais heureusement pour Hélène, Cardin avait pris sa décision. Il retourna devant le panneau vitré et posa sa main sur la colonne de soutien qui séparait cette section de la suivante. On entendit un bip sonore, puis une lumière verte enveloppa la main de Cardin et le panneau commença à s'ouvrir. Il se souleva d'environ un mètre, libérant un espace suffisant pour permettre au prisonnier alter de se faufiler hors de sa cellule. Trebor se releva d'un bond et se plaça face à Cardin. Les deux hommes se jaugèrent pendant quelques instants avant que l'un d'eux ne brise finalement le silence.

— Alors, ça t'a plu de me garder tout ce temps dans ta petite prison personnelle ? demanda Trebor. Ça t'amusait, Laurent ?

Cardin ne répondit pas. Il continuait de fixer l'alter sans ciller.

— Tu sais que je vais te tuer, n'est-ce pas ?

Lanyon s'approcha. Il tenait toujours son pistolet et semblait bien décidé à s'en servir si l'occasion se présentait.

— Les ordres de Nayr sont clairs, déclara Lanyon pour l'alter. Tu dois sortir d'ici le plus rapidement possible. Je me charge de les descendre et de récupérer le message que la fille doit transmettre à l'élue.

Trebor échangea un regard avec le secrétaire.

— Je ne sortirai pas d'ici avant d'avoir éliminé ces imbéciles, affirma l'alter.

C'en était trop pour Sigmund. Hélène le vit serrer les poings, puis la mâchoire. Visiblement, il ne supportait pas l'idée d'être exécuté par un alter, encore moins par celui-là. Rassemblant tout son courage et toute sa colère, il s'élança sur Trebor et l'agrippa si solidement qu'il parvint à le faire rouler au sol avec lui. Cardin profita de ce moment de distraction pour frapper Lanyon à l'abdomen. Le secrétaire se plia en deux, le souffle coupé, ce qui permit à Cardin de l'atteindre à la tête. Lanyon lâcha son arme, que son patron s'empressa de récupérer et de pointer en direction de Trebor. L'alter s'était remis sur ses jambes et menaçait de s'en prendre à Sigmund, mais Cardin tira un coup de feu et le blessa à la jambe. Pendant une fraction de seconde, Trebor eut l'air de réfléchir. Rester ou s'enfuir? L'arme de Cardin n'était pas assez puissante pour le tuer, mais pouvait néanmoins lui causer d'importants dommages. Il décida d'abandonner Sigmund et de filer droit vers la sortie. Cardin fit feu à plusieurs reprises, mais l'alter était trop rapide et parvint à s'échapper sans être touché. Sitôt que Trebor eut disparu, Cardin se dépêcha d'aller aider Sigmund à se relever.

— Vite! lui dit Cardin. Il faut remonter! Nos familles sont là-haut!

Hélène songea immédiatement à Anthony. De quelle façon allait-il réagir en voyant Trebor surgir dans le grand salon? *Pourvu qu'il ne joue pas au héros*, se dit Hélène.

34

*Razan a à peine remarqué
l'échafaud à son arrivée,
mais maintenant, il a l'impression
qu'il ne voit que cela.*

Arihel et Razan tentent bien de résister, mais leurs efforts restent vains. Il y a simplement trop d'alters autour du jeune homme, et Arihel est incapable de se débarrasser de l'emprise de Fenrir et Jörmungand. Elle est suffisamment puissante pour les défaire l'un après l'autre, mais une fois réunis, elle n'a aucune chance contre eux.

— Tu veux toujours avoir la preuve que Kalev est arrivé sain et sauf à destination ? demande Arihel à Razan tandis qu'on les force à monter l'escalier menant à la plate-forme.

Non, Razan n'a plus besoin de cette preuve. Le seul fait qu'Arihel soit prête à mourir pour avoir désobéi à son père démontre bien qu'elle n'a pas menti ; si elle les avait piégés, Kalev et lui, il lui aurait été facile d'en informer Loki, et ainsi, d'avoir la vie sauve. Kalev est donc toujours vivant, en conclut Razan, et peut-être qu'il sera bientôt libre.

À cet instant résonne le bruit d'un hélicoptère. L'appareil est en approche, mais demeure invisible. Selon la distance et la force du son, Razan estime qu'il ne tardera pas à se poser dans le stationnement, celui qui se trouve à l'extérieur des murailles. *Pourvu que cet hélicoptère ne soit pas celui à bord duquel Kalev a pris place*, se dit-il. Loki a peut-être exigé qu'il fasse demi-tour. Non, à bien y réfléchir, c'est impossible. Trop de temps s'est écoulé depuis le départ de Kalev. À l'heure qu'il est, le prince doit certainement se trouver sur le continent.

On oblige maintenant les deux condamnés à s'avancer sur l'échafaud. La plate-forme s'élève à plusieurs mètres de hauteur. Au pied se sont rassemblés des soldats alters ainsi que des esclaves humains. Loki a sans doute ordonné que tous les occupants du château assistent à l'exécution. De toute évidence, le dieu du mal souhaite donner un exemple. En agissant ainsi, il prouve à tous ses sujets qu'aucune forme d'insubordination ne sera tolérée, mais surtout, que personne n'est à l'abri du châtiment, pas même sa propre fille.

Fenrir et Jörmungand tiennent Arihel fermement, afin qu'elle ne profite pas d'un moment de distraction pour les repousser et s'envoler. C'est Loki lui-même qui se chargera de l'exécution. Il abandonne Angerboda devant la résidence seigneuriale et traverse la cour intérieure pour se rendre jusqu'à l'échafaud.

Alters et humains s'écartent sur son passage. Dans ses mains, il tient un sabre fantôme d'une taille imposante. Il s'en servira, apparemment, pour abattre tour à tour Arihel et Razan.

Le portail de l'enceinte s'ouvre au moment où Loki gravit les premières marches de l'échafaud. Toutes les têtes se tournent vers les nouveaux arrivants qui font leur entrée dans la forteresse. *Les passagers de l'hélicoptère*, suppose Razan, avec raison. Le jeune homme est soulagé de constater qu'il ne s'agit pas de Kalev, mais bien d'Elizabeth et de Mastermyr. Accompagnés du pilote et de deux sentinelles alters, la jeune kobold et le grand elfe marchent jusqu'à l'entrée de la résidence seigneuriale, où ils prennent place aux côtés de la sorcière Angerboda, qui, de la terrasse, surveille les préparatifs de l'exécution avec grand intérêt. Razan note au passage que ni Elizabeth ni Mastermyr ne portent l'épée Adelring. Pourquoi ne l'ont-ils pas prise à Ael ? se demande Razan. C'était l'occasion rêvée, non ? Mais peut-être l'ont-ils déposée quelque part avant de rentrer au château ? Non, c'est peu probable, selon Razan. Un tel trophée leur aurait valu une vive reconnaissance de la part de leur maître. Si Adelring était en leur possession, il est certain qu'ils l'auraient apportée avec eux. Il existe donc encore une chance pour qu'Ael et ses compagnons soient parvenus à leur échapper.

Loki les a rejoints sur l'échafaud à présent. Il passe devant Razan sans lui accorder un seul regard. C'est plutôt Arihel qui retient toute son attention. Le dieu s'arrête devant sa fille et la dévisage pendant quelques secondes, avant de lui dire :

— Tu me déçois beaucoup. J'avais de grands projets pour toi.

— Vous me décevez également, père, lui répond-elle.

— Même en cet instant, alors que je m'apprête à prendre ta vie, tu refuses de reconnaître tes torts ?

— Je n'ai rien à me reprocher.

— Tu m'as trahi, Arihel. Ton amour pour cet humain en est la preuve flagrante.

Arihel éclate de rire.

— Moi, amoureuse de Razan ? Elle est bien bonne ! Je ne suis amoureuse de personne !

— Alors pourquoi ? s'étonne Loki. Pourquoi avoir laissé Kalev s'échapper ? Parce que Razan te l'a demandé ?

— Non, parce que Razan l'a exigé, père.

Loki secoue la tête. Visiblement, il ne comprend pas.

— Éclaire-moi, ma fille. Qu'espérais-tu réussir en épousant cet homme ?

Arihel semble hésiter. Elle jette un regard en direction de Razan, puis revient à son père.

— J'espérais chasser Arielle Queen à tout jamais, répond-elle.

Cette dernière réplique ravive soudain l'intérêt de Razan. Jusque-là, il s'était contenté d'écouter leur conversation sans démontrer le moindre signe d'agitation.

— La chasser ? répète Loki.

Razan attend la réponse avec autant d'impatience que le dieu.

— Elle est toujours là, avoue Arihel à contrecœur. Elle lutte pour reprendre sa place. Et la seule chose qui lui donne la force de continuer, c'est son amour pour Razan. En m'unissant à lui, je souhaitais la briser, l'anéantir. Elle n'aurait pas supporté que Razan se donne à moi. Et d'ailleurs, depuis qu'il a accepté de m'épouser, l'influence d'Arielle s'amenuise. Je la sens beaucoup moins présente en moi.

Les aveux de la jeune femme déclenchent la colère de Razan.

— Espèce de…

Mais les alters ne le laissent pas terminer sa phrase. L'un d'eux le frappe à l'estomac.

— Je comprends, ma fille, dit Loki sans détacher son regard d'Arihel.

— Merci, père.

— Je comprends que tu as agi par pur égoïsme, précise Loki en adoptant un ton plus sévère cette fois. Pas un seul instant tu n'as pensé aux conséquences que cela aurait sur tes sujets, ainsi que sur nous, ta famille.

Arihel approuve d'un signe de tête.

— Je ne peux le démentir, effectivement.

Loki lève son sabre fantôme et appuie doucement la pointe bleutée de l'arme contre la poitrine de sa fille.

— Es-tu prête à mourir pour tes fautes ? lui demande Loki.

Arihel ne répond pas tout de suite. Les yeux rivés à ceux de son père, elle dit :

— Non.

— Alors, tu m'auras déçu jusqu'à la toute fin, déclare-t-il.

Le dieu se prépare à enfoncer la lame fantôme dans le corps de sa fille lorsque celle-ci ferme les yeux, sourit, puis s'écrie :

— MASTERMYR, QUI EST TON MAÎTRE?

Cela suffit à interrompre le mouvement de Loki, qui se retourne en direction de la demeure seigneuriale, juste à temps pour voir apparaître une épée de glace dans la main du grand elfe. Mastermyr, qui se tient derrière Angerboda, s'empresse d'agripper la sorcière et de l'attirer à lui. Sous le regard horrifié de Loki, l'elfe glisse sa lame de glace sous le menton de la femme et menace de lui trancher la gorge.

— Si je meurs, elle meurt, dit Arihel à son père.

35

Keyport, New Jersey
25 décembre 1992

Lorsqu'ils réapparurent dans le grand salon, Cardin, Sigmund et Hélène ne purent que constater les dégâts. Les invités étaient tous réunis au centre de la pièce. Jack Saddington observait la scène d'un œil torve, tandis que les femmes étaient agenouillées et pleuraient.

— Papa, il faut appeler une ambulance ! s'écria Lisa en apercevant son père.

— Et la police ! ajouta Janet, la femme de Sigmund.

Philippe, le domestique, fit son entrée à ce moment-là.

— Il s'est enfui ! s'exclama-t-il sur un ton paniqué. Il a pris une voiture et s'est enfui !

Cardin et Hélène se ruèrent à l'endroit où s'étaient rassemblées les femmes. Cardin écarta

Edith, l'épouse de Blane Lanyon, et découvrit la raison de leur affolement.

— Oh mon Dieu, non! fit Cardin en s'age-nouillant à son tour. NON!

Les pires craintes d'Hélène s'étaient réalisées : le corps inerte d'Anthony reposait sur le tapis du salon. Sa chemise imbibée de sang était en lambeaux. De larges coupures étaient apparentes sur son torse.

— Je… Je m'occupe d'appeler du secours! lança Philippe en disparaissant dans le couloir.

— Qui était cet homme? cria Lisa en empoignant le veston de son père. Qui était-ce, papa? Qui était-ce? Dis-le-moi! Mais dis-le-moi, nom de Dieu!

Cardin prit sa fille dans ses bras et tenta de la calmer, en vain. Elle était en pleine crise d'hystérie, mais on ne pouvait le lui reprocher : son frère avait été tué sous ses yeux.

— Qu'est-ce qui s'est passé? demanda Sigmund.

— Ce type, il est sorti de nulle part, lui expliqua sa femme. Il était… si rapide. Il a voulu traverser le salon, mais Anthony s'est interposé. L'homme a pris le tisonnier près du foyer, et a commencé à le frapper. À la tête, puis au corps… Anthony s'est effondré, mais l'homme… l'homme n'a pas voulu arrêter. Il lui a planté le tisonnier dans le ventre, puis dans la poitrine, puis encore dans le ventre… Oh! Karl, c'était affreux…

— Heureusement que Jack est intervenu, ajouta Edith. Il a bondi sur l'homme pour l'éloigner d'Anthony, mais plutôt que de s'en prendre à

Jack, l'homme a préféré s'enfuir. Il a poussé Philippe, puis s'est rué vers le hall.

Hélène observait le spectacle sans réagir. Elle se tenait debout près de Cardin et de Lisa. À ses pieds était allongé le cadavre de l'homme qu'elle avait cru aimer. Elle aurait voulu pleurer, et même crier, mais elle en était incapable. Tout cela lui paraissait tellement irréel. Elle avait l'impression qu'Anthony allait se relever, la prendre dans ses bras et lui dire de ne plus s'inquiéter, que tout irait bien. Mais le jeune homme ne bougeait pas. Il fixait le plafond, la bouche légèrement entrouverte. La vie l'avait quitté.

— Vous voulez un verre ? demanda une voix derrière elle.

Hélène se retourna et vit Jack Saddington. L'homme lui tendait un verre de whisky.

— Vous croyez vraiment que c'est le moment ?

— Plus que jamais, répondit Saddington.

Après quelques secondes de réflexion, Hélène prit le verre et le vida d'un trait.

Karl et Janet Sigmund se chargèrent d'elle après l'arrivée de la police et des ambulanciers. Ils prirent leur voiture et rentrèrent à New York. Plutôt que de déposer Hélène chez elle, ils proposèrent de la conduire chez un ami.

— Un ami qui vous protégera, expliqua Sigmund.

— Et pourquoi aurais-je besoin de protection ?

— Parce que votre vie est en danger.

Ils roulèrent pendant une vingtaine de minutes encore, puis Sigmund gara la voiture devant un édifice anonyme du Lower East Side. Janet choisit d'attendre dans le véhicule plutôt que d'accompagner son mari et Hélène à l'intérieur.

L'ami en question habitait un appartement situé au deuxième étage. Sitôt qu'ils furent sortis de l'ascenseur, Sigmund se dirigea vers l'extrémité du couloir et frappa à la porte qui portait le numéro 203. Un jeune homme leur ouvrit. Grand et costaud, il avait le teint basané, et ses cheveux étaient aussi noirs que du jais.

— Entrez, je vous en prie, dit-il.

Son accent prononcé trahissait ses origines hispaniques. *Antonio Banderas, mais en beaucoup plus jeune*, se dit Hélène. Il les fit passer au salon, où il les invita à prendre place dans de larges fauteuils en cuir.

— Je vous offre quelque chose à boire? fit-il.

Hélène et Sigmund répondirent tous les deux par la négative. Hélène regrettait déjà son verre de whisky, alors pas question de continuer sur cette lancée, même si elle en avait terriblement envie.

— Mon nom est Tomasse Nando, se présenta l'homme en s'installant à son tour dans un fauteuil. Je suis au courant de ce qui s'est passé ce soir, monsieur Cardin m'a téléphoné. Tout ça est bien regrettable.

— Pourquoi suis-je ici? demanda Hélène sans autre préambule.

La question s'adressait autant à Nando qu'à Sigmund. C'est ce dernier qui répondit:

— Les alters connaissent maintenant votre identité, Hélène. Ils savent que vous détenez le message d'Absalona, celui que vous devrez un jour remettre à Arielle Queen. Ils tenteront par tous les moyens de vous tuer et de récupérer ce message.

— Alors, je dois me cacher, c'est bien ça?

Sigmund acquiesça.

— Nous n'avons pas le choix, Hélène. Il en va de votre vie.

— Et si je refuse?

— Alors les forces de l'ombre auront d'ores et déjà gagné, affirma cette fois Nando.

Hélène éclata de rire.

— Non mais, vous vous entendez?

— Tomasse a raison, répliqua immédiatement Sigmund. Vous êtes un des maillons importants de la chaîne, Hélène. Sans vous, la victoire n'est pas envisageable.

— Seulement parce que je dois transmettre ce message? Voyons, c'est ridicule!

— Les victoires sont faites de petits détails, dit Nando. Pour que le vent change, il suffit parfois que la bonne personne se trouve au bon endroit, au bon moment. C'est votre rôle: être là où vous devez être quand le moment sera venu.

— Je n'y comprends rien, à tous vos trucs! s'emporta Hélène.

Elle aurait voulu pleurer, surtout après la soirée qu'elle venait de passer, mais les seuls sentiments qui l'habitaient à cet instant étaient la peur et la colère.

— Faites-nous confiance, l'implora Sigmund. Nous sommes du bon côté.

Il marqua un temps, puis ajouta :

— Si vous renoncez à nous aider, la mort du pauvre Anthony n'aura servi à rien.

Hélène s'apprêtait à rétorquer qu'il ne servait à rien de jouer avec ses sentiments, mais elle se ravisa. En réalité, Sigmund n'avait pas tort. Anthony avait été tué par une créature ignoble, le même genre de créatures qui souhaitaient maintenant s'en prendre à elle. Il aurait voulu qu'elle survive ou, à tout le moins, qu'elle refuse de baisser les bras. Elle devait leur en faire baver, à ces alters, pour honorer la mémoire d'Anthony.

— Que dois-je faire ? demanda finalement Hélène.

— Tout d'abord, il vous faudra changer d'identité, expliqua Sigmund. Ensuite, Tomasse vous conduira dans un endroit sûr. Il s'agit d'une petite ville située au nord, de l'autre côté de la frontière.

— Cette ville a un nom ?

Sigmund se tourna vers Nando.

— Belle-de-Jour, répondit ce dernier.

36

Lorsque Loki se tourne vers Arihel,
ses traits sont déformés par la rage.

Arihel le gratifie d'un sourire narquois, puis demande :

— Alors, père, que décides-tu ?

Loki jette un nouveau coup d'œil en direction de Mastermyr, puis revient à Arihel.

— Je pourrais le réduire en pièces par la seule force de ma volonté, grogne Loki entre ses dents.

— Mais pas avant qu'il ne prive ta charmante maîtresse de son affreuse tête de sorcière.

— Ça suffit maintenant ! s'écrie Loki en déplaçant la lame de son sabre.

La pointe ne s'appuie plus contre la poitrine d'Arihel à présent, mais contre sa gorge.

— C'est de ta mère dont il s'agit, Hel ! poursuit Loki avec la même véhémence. Comment peux-tu te servir d'elle comme monnaie d'échange ?

Arihel hausse les épaules.

— Tu te trompes, je ne suis pas Hel, affirme la jeune femme. Hel s'est fractionnée en dix-neuf parties égales lors du partage, tu t'en souviens, non? L'instinct filial a dû être légué à une autre de mes sœurs, je suppose.

— Petite insolente! rugit Loki.

Mais elle demeure imperturbable.

— Il commence à se faire tard, père. Tu me laisses partir ou non?

Loki doit user de toute sa maîtrise pour ne pas lui trancher la gorge. Au bout de quelques secondes, il finit par éloigner le sabre.

— Sage décision, père.

Après en avoir reçu l'ordre de Loki, Fenrir et Jörmungand relâchent leur sœur. Une fois libre, celle-ci s'avance vers le groupe d'alters qui détient Razan.

— Il vient avec moi, leur dit-elle.

— Pas question, proteste aussitôt Loki.

— Ce n'est pas négociable, cher papa.

Arihel demande à Razan de se rapprocher, mais le garçon refuse.

— Tu veux vivre ou non? lui demande-t-elle.

Razan ne bronche pas, ce qui oblige la jeune femme à franchir elle-même la distance qui les sépare.

— Et si je te sauvais malgré toi?

Elle s'adresse ensuite à son père:

— Mastermyr attendra que nous ayons quitté l'île avant de libérer Angerboda.

Loki n'a toujours pas décoléré.

— Tu sais ce que je lui ferai alors?

— Peu m'importe, répond Arihel.

La jeune femme n'a pas l'intention de s'attarder plus longtemps. Elle passe son bras sous l'aisselle de Razan et effectue un bond qui leur permet à tous les deux de quitter l'échafaud. Plutôt que de retomber sur le sol parmi les humains et les alters, Arihel et son passager amorcent une remontée, puis prennent leur envol. Ils quittent la cour intérieure du château, survolent les murailles, puis se laissent planer jusqu'au stationnement où repose l'hélicoptère qui a amené Mastermyr et Elizabeth.

Lorsqu'ils se posent enfin, Arihel demande à Razan s'il a déjà piloté un engin de ce genre. Plutôt que de répondre, il attrape la jeune femme par le cou et la plaque sauvagement contre le fuselage de l'hélicoptère.

— Libère-la! exige-t-il.

Arihel pourrait aisément lui casser le bras ou l'envoyer valser à plusieurs mètres de distance, mais elle ne le fait pas.

— Même si je le pouvais, je ne le ferais pas, répond-elle.

— Je veux lui parler! Libère Arielle ou je te…

— Ou tu me tues, c'est ça? Non, tu n'oseras jamais. Ce que tu dois faire, c'est me protéger coûte que coûte, car si je meurs, Arielle meurt aussi, et tu le sais très bien. Maintenant relâche-moi, sinon je me ferai un plaisir de te briser tous les os!

Razan laisse s'écouler encore quelques secondes avant de libérer la jeune femme.

— Alors, tu peux piloter cet hélicoptère, oui ou non?

— Bien sûr que je le peux, rétorque Razan. Quand on sait piloter un avion hypersonique, on peut tout piloter.

Sans perdre de temps, Arihel monte à bord, suivie de Razan. Tous les deux s'installent dans le poste de pilotage.

— Pourquoi Mastermyr s'est-il sacrifié pour toi ? demande Razan tout en vérifiant les instruments de bord.

— Je ne sais pas, répond Arihel. Honnêtement, je ne croyais pas qu'il le ferait. Mais aujourd'hui, j'ai senti quelque chose de différent chez lui.

— Une forme d'attachement ?

Arihel secoue la tête.

— Non. Le doute.

Razan allume les moteurs de l'appareil. Le rotor, au-dessus d'eux, se met aussitôt en marche.

— Et ça ne te fait rien de l'abandonner ainsi ?

La question provoque le rire d'Arihel.

— Tu crois sincèrement que j'arrive à ressentir du remords ? Tu es plus naïf que je ne le pensais, mon grand.

— Loki va le tuer.

— Eh bien, qu'il le tue. L'important est que nous ayons survécu, non ?

— C'est une façon de voir les choses, répond Razan.

L'hélicoptère répond très bien aux commandes de son pilote. Il s'élève doucement sur un axe vertical. Lorsqu'ils ont atteint une altitude suffisante, Razan prend la direction du sud.

— Je connais un endroit sûr où nous réfugier, lui dit Arihel.

— Où ça ? En Antarctique ?

37

L'appartement que lui avaient loué Laurent Cardin et Karl Sigmund était des plus coquets. À son arrivée, tout était déjà prêt : chaque pièce était fraîchement repeinte et meublée avec goût et on y trouvait tout l'équipement nécessaire à la vie quotidienne : poste de télévision, chaîne stéréo, batterie de cuisine, couverts, ustensiles, produits de beauté et d'entretien, etc. Dans la penderie et l'armoire de sa chambre, elle découvrit une gamme de vêtements et de sous-vêtements qui, après vérification, étaient tous à sa taille. Le garde-manger et le réfrigérateur étaient remplis à craquer de nourriture et de condiments de toutes sortes. Tomasse Nando l'avait même accompagnée chez le concessionnaire automobile afin de lui procurer une voiture. Il y avait à peine une semaine qu'elle se trouvait à Belle-de-Jour, et

257

déjà tous ses besoins étaient comblés. Elle n'avait plus à se soucier de son compte en banque, qui était renfloué chaque fois qu'elle en retirait le moindre sou.

Avant de quitter définitivement Belle-de-Jour, Nando souhaitait revoir avec Hélène tous les détails de sa nouvelle vie. Le jour de son départ, il invita donc la jeune femme au restaurant pour le lunch.

— Votre nom?

— Tomasse, c'est la sixième fois que vous me posez la question en moins de dix minutes.

— Répondez.

— Juliette. Mon nom est Juliette Hamilton.

Lorsqu'on lui avait demandé de choisir un nouveau prénom, Hélène avait opté pour celui de sa mère biologique, Juliette Stewart.

— D'où venez-vous?

— Victoria, Colombie-Britannique.

— Pourquoi avoir quitté cette région pour venir vous établir ici, à Belle-de-Jour?

Hélène soupira. Elle en avait assez de répéter sans cesse les mêmes refrains.

— Mon mari est décédé dans un accident de voiture l'an passé, dit-elle sur un ton las, et j'ai eu besoin de changer d'air.

— Bien, c'est très bien, Hélène.

— Juliette.

— Hein?

— Je m'appelle Juliette.

Tomasse sourit, tout en prenant un air satisfait.

— Bravo. C'était un test.

À 13 h, Tomasse paya la note, et ils quittèrent le restaurant. À bord de la voiture, Nando consulta sa montre et vit que l'heure était venue.

— Vous êtes prête? demanda-t-il à Hélène.

La jeune femme inspira profondément, puis répondit par l'affirmative.

— Très bien, dit Nando. Allons-y. Vous vous rappelez les noms et adresses que Laurent et Karl vous ont fournis? Ils vous serviront de références.

— Je me souviens de tout, Tomasse, n'ayez crainte.

— Qui étaient vos derniers employeurs?

— Bob et Janice Murray, déclama Hélène avec assurance. Un couple de chirurgiens habitant sur Government Street.

— Où avez-vous vu la petite annonce?

— La petite annonce?

— Celle qu'a placée votre futur employeur.

— Ah oui! Dans le journal local : « Besoin d'une cuisinière et femme de ménage, deux jours semaine, contactez Sim. »

— Parfait, dit Nando en faisant démarrer la voiture, on peut y aller.

Ils roulèrent pendant quelques minutes sur l'avenue principale, puis tournèrent dans une petite rue située aux limites du centre-ville, qui débouchait sur un vaste quartier résidentiel. Nando immobilisa la voiture devant l'une des premières maisons. L'adresse correspondait bien à celle qu'Hélène avait mémorisée : 230, rue du Sphinx.

— Nous y voilà! fit Nando. Je vous laisse la voiture. Je rentrerai à pied.

— Vous serez là lorsque que je rentrerai à l'appartement?

— Non, répondit Nando. C'est à vous de jouer, maintenant. Mais vous avez mon numéro. S'il y a quoi que ce soit, donnez-moi un coup de fil. J'ai quelques amis qui habitent tout près. En cas d'urgence, ils peuvent être chez vous en moins de dix minutes.

Hélène se pencha vers le jeune homme aux traits hispaniques et posa un baiser sur sa joue.

— Merci, Tomasse. Vous avez fait beaucoup pour moi.

— Bonne chance, Hélène.

— Juliette, le corrigea-t-elle une seconde fois.

Nando sourit. Elle avait bien appris sa leçon. Hélène s'apprêtait à quitter la voiture lorsqu'il l'arrêta.

— Une dernière chose, dit-il en fouillant dans la poche de son manteau.

Il en sortit un petit paquet, emballé dans du papier blanc et rouge.

— Laurent souhaitait que je vous donne ceci.

— Qu'est-ce que c'est?

Nando sembla chercher ses mots. Son malaise était perceptible.

— Il s'agit de… du… enfin, c'est le cadeau qu'Anthony avait prévu de vous offrir le soir de Noël.

Hélène repensa à la montre Marlon Brando qu'elle lui avait achetée, mais qu'elle n'avait pu lui remettre. Elle avait gardé la montre quelques jours, puis avait décidé de s'en débarrasser.

— Je ne sais pas, Tomasse…

Elle hésitait à prendre le paquet.

— Ouvrez-le, insista gentiment Nando. Ce cadeau, c'est le dernier message d'Anthony.

Hélène fixa le vide pendant un instant, puis finit par hocher la tête.

— D'accord, dit-elle.

Elle prit le paquet et l'ouvrit, lentement et avec précaution. Sous le papier, elle découvrit une petite boîte blanche. À l'intérieur se trouvait une clef, d'un ancien modèle. La branche était longue et étroite, et le panneton, composé uniquement de deux tiges, de même largeur. Quant à l'anneau, il avait la forme d'un papillon.

— Je ne comprends pas, dit Hélène. Pourquoi une clef ?

Nando haussa les épaules. Il n'en savait pas plus qu'elle.

— Vous aurez peut-être la réponse un jour.

Hélène rangea la clef, salua une dernière fois son compagnon, puis sortit du véhicule. Nando attendrait qu'elle soit entrée dans la maison, avant de sortir à son tour et de retourner à l'appartement faire ses bagages.

La jeune femme monta les marches du perron et s'arrêta sous le porche. Elle prit une grande inspiration avant de se décider à cogner. Elle dut frapper une seconde fois avant qu'on vienne enfin lui ouvrir.

L'homme qui se tenait sur le pas de la porte était grand et bel homme. Il avait les cheveux blonds, courts, et ses yeux étaient d'un azur semblable au bleu du ciel.

— Juliette ? fit-il.

Hélène acquiesça, un peu gênée.

— Vous êtes pile à l'heure. Allez, entrez!

Avant de le suivre à l'intérieur, Hélène jeta un dernier coup d'œil en direction de la voiture. Elle chercha le visage de Nando, mais n'entrevit que sa silhouette. La bouche sèche, l'estomac noué, elle franchit le seuil de la porte. L'homme l'enjoignit d'un geste à passer au salon.

— Je m'appelle Simon, dit-il en l'invitant à prendre place sur l'un des canapés, mais tout le monde m'appelle Sim.

— Enchantée, monsieur Sim.

— Juste Sim, ça ira.

— D'accord… Sim.

Il lui sourit. Il donnait l'impression d'être plutôt sympathique.

— Alors, ce travail vous intéresse?

— Oui, absolument, s'empressa de répondre Hélène.

Elle était nerveuse et s'en voulait de le laisser paraître. De prime abord, l'homme lui inspirait confiance, alors pourquoi se sentait-elle intimidée?

— Deux jours par semaine, proposa Sim. Ça consiste essentiellement à nettoyer la maison et à préparer quelques repas. Ça vous irait?

— Tout à fait.

— J'ai vérifié vos références. Elles sont excellentes.

— Merci.

— Je dois avouer que vous êtes la seule personne qui ait répondu à l'annonce. Alors si vous tenez à avoir ce boulot, il est à vous.

Hélène voulut le remercier, mais fut interrompue par l'arrivée d'une petite fille. Elle n'avait pas plus de deux ans et tenait dans ses mains une couverture jaune. Ses cheveux étaient roux et frisés, et sa peau était aussi blanche que les premières neiges. On aurait dit une poupée de porcelaine, à la fois jolie et fragile.

— Voici Arielle, ma nièce, la présenta Sim en prenant la fillette dans ses bras. Depuis quelque temps, elle écourte sa sieste de l'après-midi. Et comme elle arrive maintenant à descendre toute seule de son lit…

Hélène se leva du canapé et se rapprocha de Sim et de sa nièce. Elle caressa la joue de la petite, en lui disant :

— Mais tu es mignonne comme tout, toi ! Alors tu t'appelles Arielle, hein ? Moi, c'est Juliette. Quel âge as-tu ? Deux ans ? Ouais, c'est bien ce que je pensais. Tu sais, à partir d'aujourd'hui, on risque de se voir souvent, toutes les deux. Ça t'embête si je passe plusieurs fois par semaine pour te rendre visite ?

Arielle fit non de la tête, ce qui fit sourire Hélène.

— Tu es une gentille petite fille. Et tu sais quoi ? Je trouve qu'Arielle, c'est un très joli nom. Un nom de princesse !

38

*Une fois la mer d'Irlande traversée,
l'hélicoptère prend la direction
du sud-est et survole le pays de Galles,
au Royaume-Uni.*

Razan se demande s'il a eu raison de faire confiance à Arihel. Après tout, elle n'est rien de moins que la digne fille de son père, une démone dans la plus pure tradition. Qui sait à quel moment elle décidera de le duper ? Le jeune homme n'a d'autre choix que de demeurer sur ses gardes. Et elle a raison : il ne peut lui faire de mal sans en faire également à Arielle. Rester patient, c'est la seule possibilité qui s'offre à lui. Peut-être réussira-t-il un jour à trouver une faille, à exploiter chez la jeune femme une faiblesse qui lui permettra de chasser la part d'ombre qui vit en elle et de ramener la véritable Arielle.

Peu après qu'ils ont franchi les zones habitées, ils s'approchent du parc national de Snowdonia, un vaste territoire composé de forêts, de montagnes et de vallées, où les sols fertiles et les pâturages rocailleux se succèdent en alternance. Arihel fait un geste à l'intention de Razan. Leur site d'atterrissage ne devrait plus se trouver très loin.

— Droit devant! s'exclame-t-elle, alors qu'un large bassin artificiel se dessine à l'horizon.

— On dirait un lac…, observe Razan.

— C'est le réservoir Marchlyn Mawr, répond Arihel. C'est sur l'une de ses rives que se trouve le camp de travail.

— Un camp de travail?

— Là! fait-elle en désignant un terrain plat situé en bordure du bassin. C'est l'endroit idéal pour atterrir.

Razan n'a pas l'intention de la contredire. Après avoir exécuté une série d'habiles manœuvres, le jeune homme parvient à poser l'hélicoptère tout en douceur. Lorsqu'il coupe les moteurs, Arihel a déjà quitté son siège. Redoutant une quelconque ruse, il ne tarde pas à la rejoindre à l'extérieur. *Mieux vaut garder un œil sur elle*, se dit-il en faisant ses premiers pas sur la terre ferme.

— Suis-moi! lui lance Arihel.

Tous les deux se dirigent vers ce qui ressemble à l'entrée d'une caverne. L'ouverture se situe à flanc de montagne et n'est pas d'origine naturelle; elle a été creusée par l'homme.

— Alors, c'est ça, ton endroit sûr? demande Razan.

— Ils ne penseront jamais à nous chercher ici, répond Arihel.

— Qu'est-ce que tu voulais dire par « camp de travail » ?

— Tu verras bien assez vite.

Deux hommes sont postés de part et d'autre de l'entrée de la cavité. *Des alters*, constate Razan à mesure qu'Arihel et lui s'en approchent.

— Qui va là ? s'écrie un des alters en brandissant aussitôt son épée fantôme.

Son confrère ne tarde pas à l'imiter.

— Quelle bande d'idiots, grogne Arihel à voix basse sans ralentir le pas. Vous ne reconnaissez pas votre souveraine ? leur lance-t-elle avec mauvaise humeur.

Lorsqu'ils réalisent leur erreur, les deux alters se confondent en excuses.

— Nous ne pensions jamais que… que…

— Que vous me verriez ici, c'est ça ?

L'un d'eux s'apprête à rengainer son épée, mais est arrêté par Arihel.

— Donne-moi ça, pauvre imbécile ! dit-elle en lui arrachant l'arme des mains.

Sans la moindre hésitation, la jeune femme enfonce sa lame dans le corps du premier alter. Le second est trop surpris pour réagir. Arihel le frappe au visage, le temps d'extraire sa lame du cadavre et de la brandir au-dessus de sa prochaine victime.

— Arihel, attends…, lui dit Razan.

Mais la jeune femme n'écoute pas. Elle abat sauvagement l'épée fantôme sur le crâne du deuxième alter, le tuant sur le coup. Razan n'est pas un enfant de chœur, et la disparition de ces deux alters ne l'attriste pas outre mesure, cependant il ne peut s'empêcher de ressentir un profond malaise. Lorsque Arihel se tourne vers lui, le visage parsemé de gouttelettes de sang, il réalise que ce ne sont pas les actes de violence qui le troublent autant. Non, c'est plutôt le fait qu'ils ont été commis par cette jeune femme autrefois si belle et si douce.

— Il faut te rendre à l'évidence, Razan, déclare Arihel comme si elle arrivait à lire dans ses pensées. Plus le temps passe, plus il sera difficile de nous distinguer l'une de l'autre. Bientôt, ta jolie princesse et moi ne formerons plus qu'une seule et même personne.

Razan refuse de souscrire à une telle éventualité.

— Tu ne peux pas gagner, Arihel.

— Mais j'ai déjà gagné, mon pauvre Razan.

Une dizaine de silhouettes amaigries émergent soudain de l'obscurité et s'avancent dans la pénombre. Cette fois, ce sont des hommes. Des humains réfugiés tout au fond de la caverne, qui ont sans doute été attirés par le bruit des exécutions.

— Venez, leur dit Razan. Vous pouvez sortir.

Les hommes ne semblent pas rassurés. Ils marchent lentement, d'un pas incertain. La peur et le doute se lisent sur leur visage émacié. Depuis combien de temps n'ont-ils pas été autorisés à quitter ce trou puant et humide?

Parmi eux, Razan reconnaît son rival: Kalev de Mannaheim. N'étant arrivé là que tout récemment, il paraît beaucoup plus solide que les autres.

— Mais…

Razan se tourne vers Arihel et la fusille du regard.

— Tu m'avais promis de…

— Je t'avais promis de le libérer et de ne pas le tuer, dit Arihel. Rien d'autre.

— Et c'est ce que représente la liberté pour toi ? rétorque Razan en désignant les dix hommes faibles et amaigris qui se tiennent à l'entrée de la caverne.

— Tu as bien changé, Razan. De vulgaire démon alter, tu es devenu défenseur des opprimés. Si les hommes avaient besoin d'un meneur, d'un capitaine, eh bien, ils l'ont trouvé ! ajoute-t-elle, ironique.

— Alter ou pas, j'ai toujours été contre toute forme de servitude, proteste Razan.

— Surtout la tienne ! Tu ne faisais pas tant de chichi lorsque tu t'en prenais aux humains dans l'Helheim !

— Et c'est pour cette raison que j'en suis venu à les mépriser, révèle Razan, parce qu'ils refusaient de se rebeller. J'ai bien essayé de les pousser à bout, mais jamais aucun d'eux n'a osé se dresser contre moi. Ils avaient peur. Peur de moi, peur des autres alters, peur de Loki et de Hel, et maintenant je comprends pourquoi. Nous étions des monstres, Arihel, et certains d'entre nous n'ont pas changé, ils sont toujours aussi ignobles !

— Je ne vois pas pourquoi tu t'emportes.

— Ces hommes sont des esclaves !

— Plus pour très longtemps, répond la jeune femme en levant son épée.

— Non, ne fais pas ça ! la supplie Razan, mais il est trop tard.

Avec une célérité et une habileté extrêmes, Arihel se glisse entre les hommes et les transperce tour à tour de sa lame fantôme. Trop affaiblis pour se défendre et pas assez rapides pour esquiver les coups, ils périssent tous par l'épée. Tous sauf Kalev, qui est volontairement épargné.

Le silence tombe, alors qu'Arihel considère son boulot d'un air satisfait. Razan ne peut détacher ses yeux de l'horrible scène. La jeune femme est entourée de cadavres, et elle semble s'en réjouir.

— Tu vois, dit-elle à Razan, j'honore toujours mes promesses. Je n'ai pas touché à un cheveu de ton petit prince !

Razan est trop stupéfait pour être en colère. Ce qui l'habite, c'est une profonde affliction, un sentiment qu'il n'a éprouvé qu'en de trop rares occasions durant sa vie. La gorge nouée, il ne fait que hocher la tête, incapable de prononcer le moindre mot.

Arihel ne semble pas comprendre sa réaction.

— Qu'est-ce qui se passe, Razan ? Pourquoi fais-tu la gueule ? Il est toujours en vie, ton cher Kalev, non ?

Razan entrouvre la bouche. D'une voix vacillante, il demande :

— Pourquoi, Arihel ? Pourquoi les avoir tués ?

Arihel baisse les yeux et examine brièvement les neuf corps éparpillés sur le sol autour d'elle.

— Il le fallait, explique-t-elle en reportant son regard sur le jeune homme. Personne ne doit savoir que nous sommes ici. Nous ne pouvions pas risquer que l'un d'eux s'échappe. Une fois entre les mains des alters, il aurait fini par dévoiler notre position.

Razan n'en croit pas ses oreilles : c'est pour cette unique raison qu'elle a massacré tous ces innocents ?

— Bon sang, Arihel, nous aurions pu aller ailleurs!

— Chaque sœur reine arrive à ressentir la présence des autres. En tout temps, nous savons où se trouvent nos jumelles. Il est parfois possible de se soustraire à cette localisation sensorielle. Du moins, pendant un bref moment. Jusqu'à présent, j'ai été capable de brouiller le signal, en quelque sorte, mais je ne tiendrai plus très longtemps. Ça demande un effort considérable. Bientôt, la seule façon d'éviter qu'elles ne nous repèrent sera de nous cacher dans cette caverne, bien à l'abri sous des tonnes de roches. La montagne agira comme un bouclier, empêchant tout repérage.

— Et que fais-tu de l'hélicoptère? demande Razan. Tu veux qu'on le démonte pièce par pièce et qu'on l'entrepose avec nous dans la grotte?

Arihel désigne Kalev.

— C'est ici que notre ami révélera toute son utilité. Kalev, dit-elle en se tournant vers le prince, cet engin est à toi. Tu l'emportes où tu veux, pourvu que ce soit loin d'ici.

— Je ne sais pas piloter, objecte Kalev.

Mais Arihel n'est pas dupe.

— Ne fais pas l'idiot. Tu as vécu à l'intérieur de Razan durant des années, et il sait très bien piloter. Si tu ne files pas immédiatement à bord de cet hélicoptère, je te coupe les bras, les jambes et puis la langue. J'ai promis de ne pas te tuer, mais rien ne m'oblige à te laisser entier.

Razan fixe son regard à celui de Kalev tout en indiquant l'hélicoptère d'un signe du menton.

— Allez, tire-toi avant que cette furie change d'avis et te réduise en pièces.

— Je suis sérieux, insiste Kalev. Je ne sais vraiment pas piloter !

— Fouille dans ta mémoire, lui conseille Razan, et débrouille-toi pour t'en souvenir, si tu ne veux pas devenir muet, manchot et cul-de-jatte !

N'étant pas très chaud à l'idée d'être amputé de ses membres, Kalev s'éloigne enfin vers l'appareil.

— Un instant, lui dit Arihel.

Sans prévenir, elle se rue sur lui, l'agrippe par sa veste et lui colle un baiser sur les lèvres. Bien qu'à la fois surpris et inquiet, Kalev ne résiste pas. Il y a longtemps qu'il attend ce moment.

— Je savais bien qu'un jour ou l'autre, tu finirais par céder, dit-il fièrement une fois leur étreinte terminée.

— Si je t'ai embrassé, ce n'était pas par envie, rétorque Arihel. C'était pour modifier tes facultés cognitives. Ta mémoire n'est plus en mesure de stocker la moindre information concernant cet endroit. Une fois que tu auras quitté la région, tu seras incapable d'y revenir. Et dès que tu songeras au bassin, aux montagnes et même à la caverne, ton cerveau cessera momentanément d'être approvisionné en oxygène et tu perdras connaissance. Ainsi, personne ne pourra te forcer à parler.

Kalev observe le paysage autour de lui.

— Alors, je ne me souviendrai de rien ?

— Tes souvenirs demeureront intacts, mais il te sera impossible de les verbaliser.

— Bien.

Résolu, le prince reprend sa marche en direction de l'hélicoptère, laissant Arihel et Razan seuls derrière lui. Ces derniers attendent que Kalev soit monté à bord de l'appareil avant de se diriger vers la caverne. Au passage, Razan ne peut s'empêcher d'examiner encore une fois les cadavres de ces pauvres hommes qu'Arihel a lâchement assassinés.

— S'il n'y avait plus aucun espoir de retrouver Arielle, je te tuerais, dit-il à sa compagne.

Arihel prend un air compatissant.

— Mon pauvre amour, raille-t-elle. Tu es si… sensible.

— Et toi, si cruelle, répond Razan. Mais ça n'a plus rien d'amusant. La fin approche, Arihel. J'en ai douté longtemps, mais je suis de plus en plus convaincu que c'est l'amour qui finira par triompher. Parce que c'est la seule chose qui puisse survivre à la mort.

— Et si cet amour dont tu parles exigeait de toi le sacrifice suprême, t'y résignerais-tu ?

Razan sourit. Il semble parfaitement serein.

— Donner ma vie pour Arielle Queen ? Cela a toujours été mon destin, mais je ne l'ai compris que très récemment.

— Et tu donnerais ta vie pour moi ?

— Oui, mais seulement si ça te coûtait la tienne également.

— Charmant. Quel homme !

Ils pénètrent enfin dans la caverne. Arihel prend la tête et s'enfonce encore plus profondément au cœur de la montagne.

— Ce camp de travail, c'est une mine, n'est-ce pas? demande Razan en suivant la jeune femme, tout en s'assurant de laisser une bonne distance entre elle et lui. Qu'est-ce que vous espériez trouver ici?

— Loki prétend que le trésor d'Arthur se trouve caché sous cette montagne.

— Arthur? Le roi Arthur?

— Qui d'autre?

Razan esquisse une moue de dépit.

— Et en quoi consiste ce trésor?

— Tu es trop curieux, Razan.

De l'extérieur leur provient un bruit de moteur, celui de l'hélicoptère. Razan s'arrête et tend l'oreille.

— Ne t'inquiète pas, le rassure Arihel, il y arrivera.

Selon l'évaluation de Razan, le rotor a commencé à se mettre en mouvement. Les pales ne tarderont plus à fendre l'air. Soudain, entre les échos du moteur, le jeune homme identifie un vrombissement sourd qui n'a rien à voir avec la turbine de l'hélicoptère. Il baisse les yeux et jette un coup d'œil sur l'anneau qui est passé à son doigt.

— Mon Dieu…, souffle-t-il.

— Quoi? Qu'est-ce qu'il y a?

— Je dois retourner dehors.

Arihel n'est pas d'accord.

— Tu restes ici, avec moi. Je ne peux pas sortir. Je n'ai plus la force nécessaire pour occulter notre position. Mes sœurs risquent de…

Mais Razan n'attend pas qu'elle ait terminé. Il fait rapidement demi-tour, puis se précipite vers l'entrée de la caverne.

— Razan ! s'écrie Arihel. Reviens ici !

Mais le garçon se trouve déjà à l'extérieur. Arihel n'a d'autre choix que d'attendre son retour. Sans la protection qu'offre cet antre, les autres Queen seront vite en mesure de la repérer.

Quelques minutes s'écoulent avant que Razan ne réapparaissent dans la caverne. Il tient une sorte d'instrument dans sa main. Arihel n'arrive pas à distinguer clairement ce dont il s'agit. L'objet est long et plutôt étroit. C'est uniquement lorsque celui-ci se met à briller dans la pénombre qu'Arihel réalise que c'est en fait une épée. Mais pas n'importe laquelle.

— Adelring…, murmure-t-elle, stupéfaite. Non, ce n'est pas possible…

Un large sourire illumine alors les traits de Razan.

— Regarde cette bague, dit-il en levant sa main pour qu'Arihel puisse bien voir le bijou. Elle n'est pas à moi. C'est un cadeau de Kalev. Au départ, j'ai cru que c'était une façon de marquer son territoire, de montrer à tous, et surtout à moi, que ce corps était dorénavant le sien. Mais je me suis trompé, admet le jeune homme. Cette bague a une tout autre utilité, en fait. Il s'agit d'un émetteur de localisation. Les fulgurs devaient s'en servir pour retrouver Kalev, dans l'éventualité où celui-ci serait pris par les alters.

Arihel comprend soudain ce que cela signifie.

— Ils sont ici ? demande-t-elle.

Razan approuve d'un signe de tête.

— Ils ont atterri tout près. N'as-tu pas entendu les réacteurs du *Nocturnus* quand Kalev s'apprêtait à décoller ?

Huit silhouettes se découpent alors dans l'ouverture qui sert d'accès à la caverne. Arihel ne parvient à les identifier qu'au moment où ils s'avancent vers elle. Les premiers qu'elle reconnaît sont Ael et Brutal. Viennent ensuite Hati et Jason. À leurs côtés se trouvent deux animalters. Des loups, selon toute vraisemblance. Il ne peut s'agir que de Geri et Freki, les deux cerbères du dieu Odin. Ils ont adopté leur véritable apparence, cette fois. La septième personne n'est autre que Kalev; il a sans doute interrompu son vol en hélicoptère en constatant que la cavalerie venait de débarquer. Le huitième et dernier membre du groupe est un alter renégat de petite taille, qu'elle ne connaît pas. « *Attention, il est dangereux,* murmure au fond d'elle-même une voix qui ressemble étrangement à celle de la déesse Hel. *Son nom est Trebor, c'est un alter limier. Lorsqu'il était toujours au service des alters, il avait pour mission de vous tuer, toi et le second élu. Son but n'a pas changé, même s'il a joint les rangs des renégats. Il te recherche depuis longtemps. Méfie-toi de lui...* »

— Jamais vous n'arriverez à triompher de moi! les prévient Arihel. Même si vous étiez dix fois plus nombreux!

— Nous souhaitons seulement récupérer notre amie, dit Jason.

— Et moi, je veux revoir ma maîtresse, renchérit Brutal.

— Je n'aurais jamais pensé dire ça, soupire Ael, mais j'aimerais bien pouvoir t'enquiquiner de nouveau, l'orangeade.

Plutôt que de se porter à l'attaque, Arihel recule de quelques pas.

— Mais qu'est-ce que vous essayez de faire ? leur demande-t-elle, visiblement troublée.

Elle qui, d'ordinaire, fait preuve d'une confiance à toute épreuve, démontre à présent des signes de vulnérabilité.

— Je n'aurais pas dû embrasser Razan, admet Hati. Il n'avait rien à voir là-dedans. C'est moi qui l'ai forcé.

— Il est temps qu'Arielle Queen revienne parmi nous, déclare ensuite Geri.

— Et que toi, tu quittes son corps, démon, ajoute Freki.

— Taisez-vous ! s'écrie Arihel.

Elle ferme les yeux et pose ses mains sur ses oreilles pour ne plus les entendre.

— C'est Arielle qui m'est destinée, affirme Kalev. Pas toi.

— ARRÊTEZ ! ARRÊTEZ ! les implore Arihel en se recroquevillant sur elle-même.

Razan se rapproche de la jeune femme. Il tient toujours Adelring.

— Tu comptes t'en servir contre moi ? siffle Arihel.

Razan fait non de la tête. Lentement, il écarte les doigts et laisse tomber l'épée. C'est à son tour de parler, maintenant, et il a bien l'intention de porter le coup de grâce :

— Princesse… je t'aime.

ÉPILOGUE

*Au sommet d'une haute montagne,
au centre d'un Helheim imaginaire,
se tiennent quatre individus :
les dieux Thor et Tyr, ainsi que le roi
Markhomer et le général Lastel.*

— Je suis le renouveau, Thor, affirme le dieu Tyr.

— Renouveau ou pas, jamais je ne pourrai te faire confiance, lui répond Thor. Je t'ai un jour offert le Niflheim, mais ça n'a pas été suffisant pour toi. Maintenant tu veux t'emparer de l'Ygdrasil, mon univers, celui que mon père m'a légué.

— Il ne t'a rien légué du tout, le corrige Tyr. L'Ygdrasil ne lui a jamais appartenu. Il n'appartient à personne. Il nous est prêté, et c'est maintenant à moi de veiller à ce qu'il soit préservé.

— Qui t'a donné ce pouvoir ?

— La foi des hommes et de chacune des créatures qui évoluent dans cet univers. Ils m'ont choisi, tu comprends. Et bientôt, ils croiront suffisamment en moi pour que je puisse les aider.

Thor fait un pas en direction de Tyr et fixe son regard haineux dans celui de son vis-à-vis.

— Alors nous sommes ennemis, Tyr.

— Tu fais le mauvais choix, mon ami.

— Ce monde est à moi et jamais je ne t'autoriserai à me le prendre.

— Je n'aurai pas à le prendre. Il s'offrira à moi.

— Dans ce cas, je te tuerai ce jour-là.

Tyr secoue lentement la tête.

— Tu ne peux pas tuer l'espoir et la foi.

Thor éclate de rire.

— Ce n'est ni l'espoir ni la foi que j'offrirai aux hommes, dit-il, mais la richesse et l'abondance !

— Mais pour ça, il te faudra les duper, répond Tyr. Comme tu as dupé le digne successeur de Markhomer.

Thor s'empresse de réfuter l'accusation :

— Pauvre fou ! Comment oses-tu affirmer une telle chose, et sans la moindre preuve !

En silence, Tyr lève le bras et indique un point à l'horizon. Toutes les têtes se tournent vers l'endroit désigné par le dieu. Au-dessus des hauts pics enneigés, sur les épais nuages obscurcissant le ciel, se joue une scène du passé, exactement comme si elle était projetée sur un écran de cinéma.

— Mais qu'est-ce que c'est que ça ? demande le dieu Thor.

— Tu verras bien, lui dit Tyr.

La scène se déroule dans le Walhalla, le jour où Thor et Lastel ont eu leur première conversation avec Razan. On y voit également Ael, en jeune recrue walkyrie, et Noah Davidoff, alors que ce dernier était toujours vivant et encore sain d'esprit.

— La prophétie d'Amon est sur le point de se réaliser, affirme Thor à l'intention de Razan. Bientôt, les hommes seront débarrassés des sylphors et des alters.

— Alors, je disparaîtrai aussi, répond Razan.

— Non! rétorque aussitôt Thor. Toi, tu survivras.

Razan semble s'amuser de la réplique.

— Je suis exceptionnel dans mon genre, ça, je le sais, mais…

— Tu n'es pas un alter, voilà pourquoi, ajoute le général Lastel.

— Vous rigolez? s'étonne Razan.

Des deux jeunes hommes, c'est Noah qui paraît le plus surpris.

— Mais s'il n'est pas un alter…, commence-t-il.

— C'est un humain, lui révèle immédiatement le dieu Thor.

Il n'en faut pas davantage pour mettre Razan en colère.

— Si ton but est de me provoquer, monsieur Cent-mille-volts, tu es sur la bonne voie.

— Razan! le sermonne aussitôt Ael. Tu t'adresses à un dieu!

— Et alors?

— Dis-moi, Razan, que se passe-t-il lorsque tu te mets en colère? lui demande Thor.

— Personne ne veut voir ça.

L'audace de Razan provoque le rire du dieu.

— Allez, jeune homme, fais-nous le numéro du berserk!

Thor s'esclaffe de plus belle, puis ajoute:

— Tu ne t'es jamais demandé pourquoi tu te retrouvais parfois dans cet état? C'est un don, Razan. Un don offert aux hommes valeureux. Les alters n'ont jamais bénéficié de cette habileté de berserk. Jamais!

— C'est à cause de Noah…, se défend Razan. C'est lui qui a cette maladie. Il me l'a transmise et…

— Balivernes! le coupe Thor, qui a repris son sérieux. L'état berserk n'est pas une maladie! Où as-tu pris cette idée? Et celle de t'inventer un prénom?! Tu voulais avoir un nom d'homme, Razan, c'est ça? Ou devrais-je plutôt t'appeler Tom Razan?

Razan ne sait pas quoi répondre; il demeure confus, mais refuse d'admettre qu'il fait lui aussi partie de cette race de primates faibles et puants que sont les hommes.

— Non… je… je ne suis pas un homme!

— Tu es plus humain que n'importe quel autre membre de cette race, renchérit Lastel. Tu es un descendant direct des premiers humains, Ask et Embla, le Frêne et l'Orme. Tu avais pour père Markhomer, qui lui-même était un descendant d'Ask, le premier homme, cousin des elfes, et fondateur du royaume ancestral de Mannaheim. Et c'est la même chose pour Arielle Queen. Sylvanelle, son ancêtre, avait pour arrière-grand-père Erik Thorvaldsson, dit Erik le Rouge, de la seconde lignée d'Embla, la première femme, cousine des nixes du Nord.

Ael s'approche de Razan et prend sa main dans la sienne.

— Thor et le général Lastel ont raison, lui dit-elle. Tu es un être humain, mais tu as été caché sous une apparence et des attributs d'alter, pour ta propre protection.

— Pour ma propre protection ?

— Pendant plusieurs siècles, je t'ai gardé auprès de moi, explique Thor. C'est dans mon palais d'Asgard, le Bilskirnir, que tu as secrètement vécu ton exil. Mais depuis que les deux lignées d'élus existent, je te renvoie sur terre lorsqu'un nouvel élu Davidoff voit le jour et, chaque fois, tu t'incarnes en lui et tu te contentes de jouer le rôle de son alter.

Après avoir poussé un soupir, Thor ajoute :

— Écoute bien ceci, compagnon : jamais un Davidoff n'a eu de véritable alter. C'était toujours toi, avec une nouvelle mémoire, toute fraîche et toute vierge. Pour éviter que les forces de l'ombre ne découvrent ton identité, nous avons tous les deux jugé préférable, toi et moi, de te priver de ta mémoire lorsque tu t'incarnes sur terre. Nous avons ensemble convenu de te la redonner uniquement le jour où nous serions certains que la prophétie s'accomplirait. Il est essentiel que tu puisses revenir en homme libre et triomphant lorsque les démons seront enfin vaincus. À chaque nouvelle génération d'élus, toi et moi espérons que la prophétie se réalisera, et que nous pourrons te redonner ta mémoire originale, celle qui fait de toi qui tu es. Aujourd'hui, le jour de la prophétie est enfin arrivé ; sois donc assuré que je tiendrai ma promesse et te redonnerai tes souvenirs si chers et ta personnalité si attachante.

— Allez-y, dites-le-moi! exige soudain Razan. Dites-moi qui je suis, et pourquoi je suis si attachant!

— Tu es beaucoup plus qu'un homme, en vérité, répond Thor. Tu es le prince en exil, celui dont parlent les légendes. Midgard est ton royaume. Les humains te doivent allégeance, car tu es leur souverain. Oublie Tom Razan dorénavant; lorsque tu retrouveras ta mémoire, tu redeviendras Kalev de Mannaheim, fils de Markhomer… et seul élu mâle de la prophétie.

— Nazar Ivanovitch Davidoff et Tom Razan ont fait leur temps, affirme le général Lastel. De leurs cendres, tu renaîtras, mon cher Kalev.

— Kalev renaîtra de nos cendres? répète Razan, qui n'en croit pas ses oreilles. C'est bien ce que vous avez dit? Alors, ça signifie que le trouillard et moi devrons disparaître pour laisser la place à votre copain?

Visiblement, Noah est bouleversé par cette perspective.

— Nous ne pouvons pas simplement disparaître, s'objecte-t-il.

— Ce sacrifice est nécessaire, mon pauvre Noah, lui explique le général Lastel. Tu dois céder l'espace à Kalev de Mannaheim, afin de faciliter sa réincarnation finale sur la Terre. C'est lui, le second élu de la prophétie, mon garçon. Il l'a toujours été: en tout temps, en tout lieu, et à chaque génération, conclut l'elfe de lumière.

— Mais toi, Razan, tu ne disparaîtras pas entièrement, déclare Ael.

— Pas entièrement? dit Razan. Ah, d'accord, c'est rassurant…, ajoute-t-il, ironique.

— Tu te souviendras, c'est tout, précise la jeune Walkyrie. Tu conserveras les souvenirs de Razan, mais à ces derniers s'ajouteront ceux de Kalev.

— Ma personnalité fusionnera avec la sienne, c'est ce que tu essaies de me dire, Blondie?

Ael acquiesce, mais Razan n'est pas dupe.

— J'ai plutôt l'impression que mon agréable personnalité se diluera dans la sienne, dit-il. La différence est importante, tu en conviendras.

— Tu compliques tout pour rien, observe Ael.

— Vraiment? Alors, imagine un peu ceci: et si ce Kalev était un idiot? Qu'est-ce qui m'arriverait, à moi, hein? Je deviendrais aussi idiot que lui?

— Kalev est un grand homme! rétorque aussitôt Thor. Ta personnalité n'en sera qu'améliorée. Tu changeras, c'est vrai, mais pour le mieux. Tu peux nous faire confiance à ce sujet!

— À bien y penser, déclare Razan après quelques secondes de réflexion, je préfère le capitaine Tom Razan tel qu'il est. Et ça va rester comme ça, que ça vous plaise ou non. Pour ce qui est de votre petit copain Kalev, vous n'avez plus qu'à lui dire *sayonara*!

La scène se conclut ainsi. Razan et tous les autres protagonistes se volatilisent d'un coup, laissant de nouveau place au ciel, assombri par les nuages.

— Alors, qu'espérais-tu démontrer? demande Thor en se tournant vers le dieu Tyr.

Tyr adresse un regard à Markhomer. C'est à ce dernier de répondre.

— Ce n'est pas Kalev que vous avez caché dans votre palais d'Asgard, dit le roi. C'est Kerlaug, mon second fils. Mon épouse attendait deux enfants mâles : Kalev et Kerlaug. Des jumeaux. Kalev, l'aîné, devait naître le premier et ainsi me succéder en tant que roi de Midgard. Mais sachant qu'il n'approuverait jamais vos méthodes, vous avez préféré vous en débarrasser. En l'éliminant, vous avez fait de Kerlaug le seul héritier du trône.

— Mais tout ça, c'est de l'histoire ancienne, non ? se moque Thor en jetant un regard complice en direction du général Lastel. Pourquoi nous rappeler ces événements aujourd'hui ?

Markhomer fait fi de la question et poursuit :

— Vous avez tué mon petit Kalev alors qu'il se trouvait toujours dans le ventre de sa mère, ma tendre épouse. Peut-il y avoir acte plus cruel ? Heureusement que Tyr est intervenu. Il n'a pu sauver l'être de chair et de sang qu'était mon aîné, mais il a pu sauver son esprit. La seule façon de le protéger, de s'assurer que vous ne lui feriez plus aucun mal était de fusionner son âme avec celle de Kerlaug. Et c'est ainsi qu'ils sont nés : deux âmes distinctes dans un seul et même corps. Leurs esprits ont été définitivement séparés le jour où vous les avez présentés l'un à l'autre, puis renvoyés sur la Terre. Razan a pu récupérer son corps, tandis que Kerlaug a dû s'incarner dans celui de Karl Sigmund. Mes deux fils vivent à présent dans le royaume des hommes, mais un seul d'entre eux peut se prévaloir du titre de roi.

— Oui, tout ce que tu dis est vrai, déclare l'elfe Lastel. Mais n'oublie pas que Razan n'a jamais réellement existé autrement que par l'entremise de Kerlaug. Lui confier le sort de l'humanité serait une erreur. Il n'est qu'un vulgaire résidu de mémoire, il n'a jamais eu de personnalité propre.

— C'est ce qu'il croit, lui aussi, répond Markhomer, et c'est bien triste, car il se trompe, tout autant que vous. Il est le véritable Kalev de Mannaheim. Les hommes ont besoin d'un capitaine, et il n'en est d'autre que lui.

— Pourquoi ne pas le lui dire alors? demande Thor. Pourquoi ne pas lui révéler sa véritable identité?

— Parce qu'il doit la découvrir par lui-même. L'identité n'est pas une chose que l'on enseigne.

— Je crois plutôt que tu doutes de sa valeur, tout comme nous. Razan déteste les hommes. Comment pourrait-il les mener à la victoire?

— Razan est capable du pire, je te l'accorde, mais sa haine n'a d'égal que son amour. Et c'est sur cet amour, pur et véritable, qu'il faut miser.

Le roi s'arrête un instant, puis reprend :

— Voilà ce que je tenais à vous dire : Razan est mon fils. Un jour, je vous le promets, il récupérera son titre et son trône. Et ce jour-là, croyez-moi, il chassera tous les démons de son royaume. Il le fera pour le salut de ses frères humains, mais aussi pour soulager les peines de son épouse et de leurs quatre enfants. L'amour sera son seul bouclier, sa seule arme. Que peut-on utiliser d'autre pour vaincre les forces de l'ombre? Écoutez-moi, je vous le redis : Kalev de Mannaheim sera un grand roi!

La production du titre Arielle Queen, *La Dame de l'ombre* sur 12 126 lb de papier Enviro 100 Antique plutôt que sur du papier vierge aide l'environnement des façons suivantes :

Arbres sauvés : 103
Évite la production de déchets solides de 5 752 kg
Réduit la quantité d'eau utilisée de 379 760 L
Réduit les émissions atmosphériques de 14 953 kg

C'est l'équivalent de :

Arbre(s) : 7 terrain(s) de tennis
Eau : consommation de 1 085 jour(s)
Émissions atmosphériques : émissions de 5 voiture(s) par année

Imprimé au Canada par
Transcontinental Gagné